◎劉中薇

幸福從自己的窩開始

序

幸福從自己的窩開始

我擁有一間小屋。

它有著陳年舊疾（壁癌）、驕縱淚水（潑雨）、火爆怒氣（夏熱），以及冰霜冷漠（冬冷）。

大多數的人並不清楚小屋的底細，總是一進門就先驚呼它的甜美。然後，小屋的主人我，往往很虛榮地拿出動工前的照片，用慘狀對比現在的美景。

「啊！啊！天啊！真的是這樣嗎？」

「怎麼可能？之前的廚房實在太可怕了！」

「這真是……真是太神奇了！」

我頷首微笑，一點也不意外客人高分貝的驚嘆聲。

每個人都說，我的小屋是甜的，只有我知道，客觀來講，它是酸的、苦的、辣的，所謂的甜美，那是一種愉悅的靈魂狀態，是注入了滿腔無怨無悔的濃厚愛意之後的催化。

和一個個性鮮明的人相處，難免你得學會接納與包容。

和一個個性鮮明的小屋相處，大概也相去不遠。

我的甜美小屋，有著一項讓人無法忽視的鮮明特質，那就是誇張的熱情。

小屋的熱情往往在夏天來得如火如荼，日日夜夜緊緊包圍著我。

有一陣子我迷上果凍蠟燭，不眠不休試驗亂做，玩得不亦樂乎。就有那麼一次，下午出門辦事，晚上一回到家，我發現桌上有一大陀歪曲變形的透明物，心裡疑惑著：這是什麼？

拿起來研究一番，我才恍然大悟，那一陀黏呼呼的膠狀物，它原來該是兩顆晶瑩剔透的愛心狀果凍蠟燭，竟然因為小屋過度的高溫，不過是一個夏日午後的時光，就將兩顆愛心徹底融合成一顆！

還有一次，朋友來家裡聊天，我深怕她被小屋的熱情嚇壞，特地將她帶到冷氣噸數最大的書房，堪稱小屋裡最涼快的角落。並且一口氣將溫度調到最低，風速開到最強。

朋友聊完了，差不多要離去，臨走前，她滿臉納悶地問我：「薇，有個問題不知道該不該問……。」

「請說！」看著她怪異的神情，不知道發生了什麼事？

朋友定睛望著我：「我很好奇，那麼熱，妳為什麼不開冷氣？」

這一問，我大吃一驚。

「啊？什麼？妳剛剛一直是在冷氣房裡面啊！」

唉，這就是我的小屋。

請注意前一句話的語助詞：「唉」。這不是無奈的嘆息，如果你看見我的表情，你會發現我搖搖頭，但是卻微微笑。

因為在我心目中，小屋的意義非凡，這裡就是我的窩，home is where the heart is，只要待在這裡，我就會覺得幸福無比。

待在自己的窩裡，烹調美味的菜餚，去溫暖沮喪的心情。

待在自己的窩裡，整理凌亂的房子，去沈澱紊亂的思緒。
待在自己的窩裡，擦拭透明的玻璃，去看見光潔的希望。
待在自己的窩裡，栽種怒放的花木，去感受生命的活力。

於是我忍不住要這麼說：不能掌握愛情的戀火，但是你可以為自己點燃一抹燭火。不能適應社交的場合，但是你可以在窩裡和親友溫馨共飲。不能預測天氣的好壞，但是下雨的時候你可以在窩裡跳一支圓舞曲。沒有遠走他方的能力，但是你可以沖一壺好茶，在悠揚的音樂裡沈醉，同樣擁有異國的浪漫，優雅的出走隨時都在上演。

這個世界的變化總是讓人害怕，但是小窩的變化卻可以由自己創造。在自己的窩裡，你是君王，是天使。小窩是你的城堡，也是你的天堂。

只要你高興，就在一夜之間把慘白的牆面，油漆成碧綠色的草原。

只要你高興，就把家具玩一場大風吹，重新創造出截然不同的擺設。

只要你高興，隨時可以擁有一段廚房之夢、浴室之戀，放縱自己沈浸其中興奮、期待、喜悅。

我一直這樣深信著：當一個人可以在自己的窩裡幸福，必然可以在這個世界裡感到自在。

此刻，酷暑的仲夏夜晚，發了瘋的熱浪依舊不時來襲，但我窩在我的窩裡，感到無比滿足。

任憑人事變化難測，那怕世界飄風起雪，我們還是可以期待一個幸福的起點。

不用我來告訴你，希望你也可以感受：

幸福，從自己的窩開始。

CONTENTS

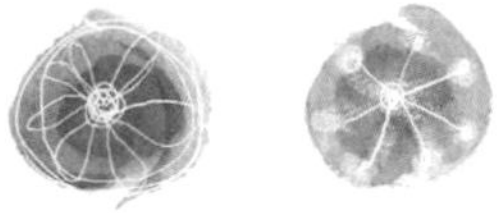

PART 02 菜鳥上菜——廚師檢定考的日子

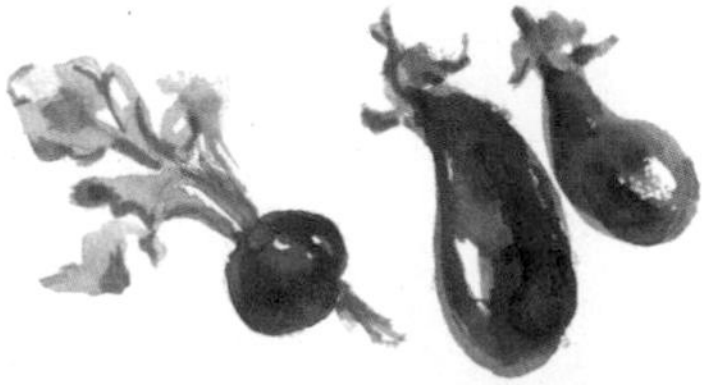

PART 03 再見了，親愛的浴室，再見！

——紀念一間浴室的死亡與新生

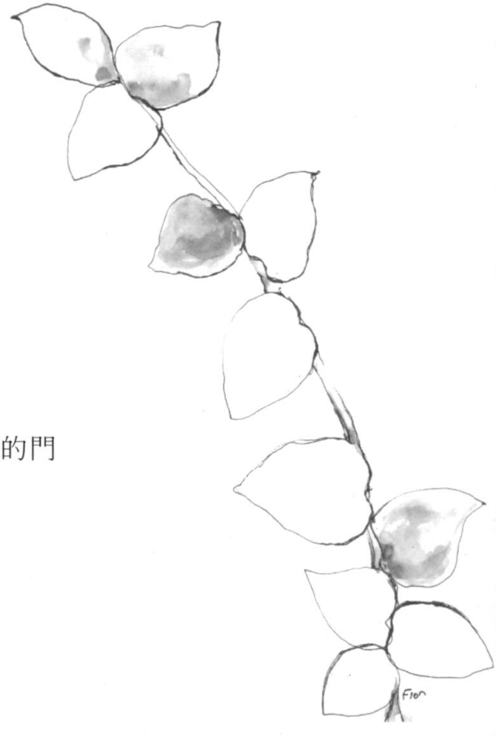

PART 04 窩在一起——今晚大家來Party

【後記】

Part 01

甜屋手札——

推開幸福的門

走進童話森林裡的小木屋

有沒有過這種時候，希望自己在燦爛的陽光裡醒來，撥開乳白色紗紋帳，伸個懶腰，雙腳踏在毛茸茸的地毯上？

有沒有過這種時候，希望推開大門，可以看見滿院的綠意盎然，淡雅的小花隨風飄曳？

有沒有過這種時候，希望夜晚空氣裡流蕩著迷熏的線香，昏暗的屋內有瑰麗輕舞的燭光？

有沒有過這種時候，希望置身在霧氣氤氳的露天溫泉風呂，泡一個清香又溫暖的澡？

當我第一次有機會擁有完全獨立的空間，雖然僅是將近三十年舊公寓的頂樓、小小十八坪的屋子，可是我心滿意足，而且興奮異常。

頂樓是最靠近天空的地方，我飄飄然地，幾乎快要飛起來。

我，想要一幢夢幻溫馨的小屋，像是童話故事裡那樣，走在蜿蜒的森林深處，遠方有一棟小木屋，靜靜散發著光輝，推開門，旋即遁入另一個時空，從這個喧鬧的城市消失，而我，是小木屋裡靜靜度過悠然時光的公主……

「匡」！一個榔頭將我敲醒，光用想像的當然美好！要成爲小公主之前，我可是足足當了半年的木匠、水泥工、玻璃工、油漆工，整天灰頭土臉、狼狽不堪呢！森林裡的童話小屋並不是翻開故事書就會蹦出來的啊！

重點❶：換掉老舊的門面

入口就該有無以名狀的況味

舊公寓，難免有一扇老舊的鋁門，僵硬死板，我不要這個門，但是沒有充裕的金錢可以換掉它，我只能想辦法改造它。

只是，我要在上面貼海報嗎？還是要貼裝飾品？想了半天，沒有靈感，決定出門逛逛。我在復興商工附近的美術材料行一間一間閒晃，最後走到一間相當大、看起來頗有歷史的材料行，這間店家販賣的商品很多，從畫具、紙類、保力龍、漂流木、塑膠棒、鈕釦、貼紙……什麼奇奇怪怪的東西，應有盡有，看得人眼花撩亂。空間陳設十分擁擠、隨意，感覺上要花點時間慢慢尋寶，才能找到想要的東西，也可能隨時發現意外的驚喜。

我逛了很久，眼睛瞪得老大，像掃描器一樣精密搜尋。

咦？這是什麼？在某個灰塵滿布的櫃子上，我發現幾罐奇怪的噴漆，看起來被遺忘在這個角落很久了。

《 改裝前

改裝後 》

》〉將鋁門噴上石頭漆，
再用柵欄、小花裝飾，
入口就有第一眼驚喜。

我拎起來打量一番，罐子邊緣有點生鏽，上面印著密密麻麻稍微模糊的英文，商品名稱是石頭漆。

石頭漆？會噴石頭出來還是會把東西變成石頭？

瓶身上印有before和after的示範圖樣，但我並不是太有把握。

「老闆，只要把這個噴上去就可以把銅鐵變石頭嗎？」攔下在店裡四處趴趴走的老闆，我趕緊請教他。

老闆似乎對他店裡賣的各類雜貨並沒有全盤瞭解，他舉起這罐石頭漆，推推老花眼鏡，也仔細研究了起來。

「嗯……」老闆沉思了一會，緩慢地回答：「我是沒有噴過啦，不過……大概就是這樣吧！」

「這幾罐石頭漆看起來堆在那裡很久了，還有新的嗎？」我問。

「嗯……」老闆沉思了一會，更緩慢地回答：「我想……應該沒有了吧！」

我猜，老闆根本不記得這間店裡面曾經存在這幾罐石頭漆啦！

既然問不出所以然，不如直接試試不就眞相大白。

我興沖沖地買了兩大罐，回到家，站在老舊的門前，猶豫了半晌，真的要這樣就噴了嗎？噴上去可就不能回頭了，噴好看就是矇到，噴壞了也要承擔。但是，不冒險怎麼知道結果？

於是，把報紙貼滿旁邊的壁面，做好防護措施，免得噴到不該噴的地方。然後大力拔開蓋子，目標瞄準大門，把牙一咬、把心一橫——

噴了！跟它拚了！

一陣激烈亂噴之後，氣流煙霧漸漸淡去，眼前悄悄浮現一扇傳說中武俠小說裡面才會有的古樸石門，神祕的質感好像暗藏玄機，得要報出正確密語，石門才會「咻」一聲打開……

哇！石頭漆真的把鋁門變石門啦！

爲了加強營造這股幽情，趁著假日，跑到建國假日花市，找到木柵欄，還有木頭裝飾，把原本醜陋的樓梯間稍微花點巧思佈置了一下，這個入口處散發著無以名狀的況味，一眼就會愛上！

重點❷：重整浴室

在森林裡泡湯

小時候童話故事讀多了，記憶中對於仙女夜半翩翩下凡，在皎潔月光下、深林溪水邊沐浴的印象深植於心，所以，我任性地想像一個浴室，這個浴室一走進去，彷彿走進大自然，有潺潺流水，有石壁綠意，似乎可以嗅到山林的氣息，對！我就是要這樣的浴室。

站在殘破的廁所前，我毫不猶豫做下決定——全部打掉、片甲不留！當整個廁所夷爲平地以後，我自己搬著磚頭，大概堆出一個浴盆的位置，然後跑進自己圍的圈圈裡蹲著，試想著這樣的弧度夠不夠大，還有也要測量一下高度，這樣我坐在浴缸裡，放滿水，水位才會剛剛好到頸間。

水泥師傅來了，我和他說明浴室的設計，他瞪大了眼睛，有點呆掉了。

「妳是說……沒有浴缸？」

「有啊，有浴缸，只是是用水泥糊的，不是現成的。」

「喔……」師傅眼中有一絲茫然。

他環顧了四周，又問：「妳是說牆壁要亂貼？」

「嗯，越亂越好。」我肯定地點頭。

舉起腳邊超重的大榔頭，我朝著一塊石片狠狠敲下去，石片當場四分五裂，我撿著不規則的石片，隨意鋪在浴室地面上，示範著：「請不要客氣，就把這些石片敲碎，隨便鋪在地板、牆面上就好！」

師傅嚇壞了，拿著菸的手幾乎在發抖，他焦慮地猛吸了幾口菸。

他說，在他以往的經驗中，工程要求都是要慢工出細活、要接縫完美無瑕，可是我正好不要這樣。

我要粗獷、要原始、要瑕疵、要隨意。

一絲不苟、井然有序完全不該存在這間浴室裡面。

世俗眼中的「不完美」，才是我眼中的「完美」。

聽到這裡，師傅顯然跟著興奮起來，全新的嘗試讓他也躍躍欲試，我們開始一起動手做，除了不規則的地板、牆面，還有石頭浴缸。

浴缸的內側設計是用光滑的石片，才不會割傷了皮膚；外側是要貼上一個一個純白的鵝卵石，自然質樸。

而且，爲了營造潺潺流水聲，我將三塊木板斜釘在牆上，一層一層，讓流水可以緩緩流下，泡澡的時候，彷彿有一道溪流蜿蜒流過心底幽谷，撫慰了整日的疲勞。

牆面、地板、浴缸都有了，再來就是找到一個像碗公一樣的洗臉盆，爲了這個洗臉盆，我跑遍了各家衛浴設備，每天在門市裡逛的都是馬桶和洗臉盆，這和在百貨公司逛鞋子、包包、化妝品的心情眞是大不相同。而且，不比價還不知道，一個像碗公的洗臉盆，貴的動輒十來萬，眞是不可思議！我好奇這樣昂貴的洗臉盆，會有很多買主嗎？衛浴設備的老闆則是洋洋得意地說：「買的人可多囉！還賣到缺貨呢！」

我朝千金萬兩的洗臉盆又望了一眼，浴室裡若擺上這樣一個天價的洗臉盆，睡眼惺忪的早晨，一看到洗臉盆，應該馬上就清醒了吧！因爲眞是心痛吶！

後來，我還是找到了實惠的碗公洗臉盆，大學學長家正好代理衛浴設備，我去門市，遇見熱情的學長母親，整組洗手台，包括洗臉盆、水龍頭、毛巾架，以及施工費，約莫一萬多元。

（這是兩年前裝潢時的狀況，現在，大賣場裡面碗公洗臉盆隨處可見，價格相當合理實惠，如果想要更具特殊風味，去一趟鶯歌吧！那些質樸陶土捏成的，每一個都有不一樣的紋路，只要願意多花一點時間，就能找到更貼近自己夢想的洗臉盆。）

改裝前

改裝後

原來的浴室敲得一乾二淨。
我要有粗獷的石壁、潺潺的流水。
那不規則的牆面與鵝卵石浴缸，
可是我和水泥師傅一起動手完成的。

重點❸：成就開闊的陽台

有春風吹過來的美好庭院

舊屋原本一進門後就是一長條的狹窄前陽台，侷促不堪。而我，一直渴望要有一個小小的陽台，夏天的晚上可以乘涼，秋天的午後可以曬太陽，最好，還能夠邀集三五好友一起烤肉閒談。

舊屋原本的狀態，是傳統舊公寓一整片拉門的鋁門窗，如果我把拉門往後推，犧牲室內客廳的空間，就可以成就陽台的寬敞。我知道許多人在裝潢的時候，選擇捨棄陽台，成就室內的空間；我卻反其道而行，我捨棄室內空間，拓展室外陽台的寬敞。在我看來，室外與室內的空間是同等重要，不能偏廢。於是拆掉了原來的鋁門窗，打造整片落地的白格子窗櫺，歐式的雪白木框，鑲嵌透明的玻璃，透光度高，讓客廳明亮有神。

陽台上，有一區鋪的是北方松，另一區，選擇用宜蘭三分石鋪成一整條白色碎石子路，這樣可以完全遮蓋住醜陋老舊的磁磚地板，再加裝木頭欄杆，更增添自然的味道。

石子路的盡頭是一個宛如歐洲宮廷花園裡才會有的圓形花器，這個用大理石純手工打造的花器，原本是工頭先生要送給我放在浴室裡當洗手台的，無奈我的浴室太小了，如果將這個巨大的洗手台放進去，恐怕我連轉身都有困難。所以，最後決定將它放置在陽台盡頭，我在裡面養了斯里蘭卡蓮，夏天的清晨會綻開纖細柔白的小花，很是動人呢！

房子還沒打理好，已經有好鄰居來造訪。

兩隻鴿子總愛振著翅膀飛到我的院子裡東張西望。每天早上，牠們固定來冷氣機上方的空隙玩耍，「咕咕咕」來、「咕咕咕」去，開懷得很。有時候，牠們又窩在縫隙睡午覺，一覺到黑夜才離去。

原本，有這樣的好芳鄰，應該要慶幸而且歡迎的，我大方地拿了穀米餵食，可是我這樣熱情卻沒有得到好的回報，這兩隻忘恩負義的傢伙，總是大剌剌地送我一堆排泄物！

當然，我試著善意溝通過：

「嘿！你們偶爾跟我玩一玩嘛！」

「咕咕咕……」

「小米好吃嗎？」

「咕咕咕……」

「可以不要在這裡上廁所嗎？」

「咕咕咕……」

哎！這下你知道了，我們三方溝通如此不良，我無法有效勸阻兩位鴿子芳鄰不要隨地便溺，只有百般無奈地請牠們另覓良處，別再把我的院子當成牠家的廁所。

換了新冷氣機後，我不得已放了兩個紙盒堵死牠們會來玩耍的空間，讓牠們不能繼續把糞便掉落在我一顆一顆洗乾淨的白色碎石子路上。

「很抱歉了喲！等你們學會不隨地大小便，歡迎再來玩喔！」

「咕咕咕……」兩位依然瞪著圓滾滾的無辜大眼望著我。

好吧，一樣的回答，我只好假裝牠們已經無條件接受了。

雖然很可惜我們還未深交就已經遠離，但是至少我多了乾淨的院子，免去清掃的麻煩。

《 改裝前

改裝後 》

》〉捨棄室內空間，成就陽台的開闊。
這裡就是離天空最近的地方，日日擁抱星光與流雲。

重點❹：創造開放空間

拱門裡的魔力廚房

原本，廚房的格局是一整片牆壁，右邊有個小門爲出入口，是個獨立的空間。但，廚房啊！這個令我悠然陶醉的，可以變出溫暖食物的魔力空間，我該怎麼讓它擁有它的生命、它的靈魂呢？

好幾個黑夜白天，我站在遠處眺望著我的廚房，它靜靜與我對望，像是有個意念想要傳遞給我，想要讓我知道，它將以什麼樣的姿態與我相處，它想要我爲它抓取哪一道靈魂的光。於是，一個自然迷人的樣貌漸漸在我眼前清晰起來，對！我要一個拱門，充滿地中海風味的拱門。

我把這個需求告訴我的工頭先生，請他務必幫我找來一個拱門。因爲預算有限，所以他找來的是一個別人拆卸裝潢後不要的廢棄拱門，髒髒的、舊舊的，但，有什麼關係呢？我會愛這個拱門，像以往它曾經在前主人屋裡受寵那樣，我會的！於是我打掉了原來的牆壁，將拱門放置在中間，再漆上油漆，變成一個開放式的空間，當我做料理的時候，還可以和在客廳的客人互動，好像無形中消弭了兩個空間的隔閡。

改裝前

改裝後

拆掉右邊的門，敲掉牆壁，中間裝上美麗的拱門。忘憂麵、溫暖湯，從魔力廚房裡飄香而出。

重點5：布和地毯

隨風飄逸的每個冥想

窗簾是房子的繆思，是房子生動的表情，每一個隨風飄動的瞬間，都是冥想的空間。決定一個房屋的調性，窗廉佔有絕對關鍵的角色。

製作窗簾最便捷的方式是包給窗簾公司，從測量到施工、選布到車縫一次完成，雖然有效率，但是昂貴些，也失去樂趣。製作窗簾，以我的經驗，一個省錢又樂趣十足的方式，就是自己先量好家中窗子的尺寸，然後到永樂市場的三樓去詢價，那邊是各式布類的製作中心，車衣服、做窗簾、縫椅套，什麼都可以完成。

帶著窗子尺寸，隨便找一間，告訴老闆窗簾是要拉的、鉤的、夾的，是對開的還是一整片拉到底；還有，縐褶要多一點還是少一點；老闆自然就會計算出需要的布料是多少，然後，帶著老闆的數量，去二樓選布，最後再返回三樓製作，這樣就大功告成啦！

一般來說，車窗簾一片的工錢是一百到一百五，視困難度而定，也就是說，如果

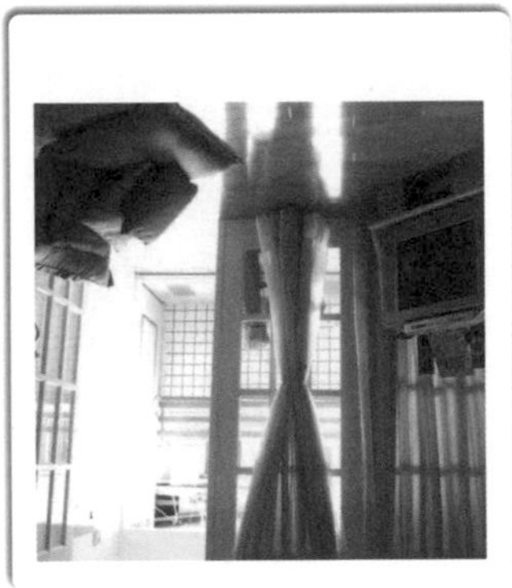

這扇窗簾是雙開，等於需要兩片，工錢就是乘以二。

我的窗簾，想要輕盈飄逸，所以沒有選擇常用來製作窗簾的厚重緹花布，相反的，我一層用烏干紗，一層用裡子布（就是平常衣服的內裡），這兩樣布料最便宜，一碼約莫三十至四十元，這和一碼三、四百的高貴緹花布比起來，價格平易近人多了，但是質感可不打折喔！懸掛起來的效果眞是不錯，完全符合我要的飄逸之感。

除了窗簾，幾乎所有與「布」相關的問題，我都在永樂市場尋找答案。

冬天時，在臥房的地上，我鋪了一塊看似羊毛的地毯。眞正的羊毛地毯，沒有上萬的預算是不可能買到的，但是我又在永樂市場找到了解決之道。有一家布店，專賣毛茸茸的布，這些布料原本被設計來做成抱枕、布娃娃，不論長毛、短毛、捲捲毛，各式各樣的毛都有，也有各種顏色可以選擇。我靈機一動，這些毛料雖然不是地毯，但是也和地毯相差不遠了，姑且當它是「仿地毯」又何妨。

我看中一塊，米白色短捲毛，撲上去輕輕撫摸，又輕又柔，好舒服啊！當下我就知道，臥房裡就需要這塊布料。裁了一碼半，花了五百多塊錢，回到家，迫不及待把「仿地毯」鋪在房間地板上，在柔和暈黃的燈光下，這張「仿地毯」幾可亂眞，頗有羊毛地毯的不凡身價。

仔細一想，「仿地毯」好處眞不少，不用負擔眞正羊毛地毯的清潔費用，在上面又跑又跳的時候不會心疼，而且，屋內的擺設會隨著四季與心情的不同而轉換，地毯的顏色花式隨時會改變，「仿地毯」很能保有高度的彈性，可說是實惠又方便呢！

重點❻：貨比好幾家

愛上大賣場

逛大賣場、家具家飾店一向是我的最愛，開始裝修房子後，IKEA、B&Q、HOLA、大買家、家樂福、大潤發、生活工場、康福浪漫（可惜現在已經關了），是我常流連、取經、比價的地方。

曾經有過一週七天有五天泡在IKEA裡面，對賣場的陳設，還有各式商品的價錢瞭若指掌，熟悉度不遜於店長。

也曾經在B&Q研究各式層板架的優劣，單單在那一區就耗去一、兩個鐘頭。

也曾經在HOLA的蠟燭館，對著熒熒亮亮的浮水蠟燭、精油蠟燭，流連忘返。

逛賣場，最大的好處是常有特價品的促銷，只要對了味、看上眼，買特價品可是不容許絲毫猶豫，不然只有無限的遺憾。

好比，我客廳裡有一個軍綠色的和風胖胖椅，這張椅子特價八百多元，當時我猶豫不決，只抱了一張回家，等隔幾日回頭想再去買第二張的時候，價格已經調回原價一千四百多元，貴了將近兩倍！

當然，如果愛不釋手，就算是調回原價還是會狠下心買的，最怕的是貨品售罄，捧著錢也沒有了。我客廳裡面一大一小的亞麻捲簾，還有書房裡的竹捲簾，都在我買完沒多久後，永遠缺貨。一些朋友看見了也想購買，已經錯失良機。

另外，打造量身訂做的窗簾，也不妨在賣場一試喔！木質捲廉、羅馬簾，這種難度比較高的窗簾，如果在一般的窗簾店（甚至包括便宜實惠的永樂市場），成品的價錢都高得令人咋舌，我有一扇150*148的窗，想要掛上木質羅馬簾，詢價的結果，動輒三、五千，可是，在B&Q，我丈量好尺寸，選好材質，報價是一千二！

經過一個星期的忐忑等待，魂牽夢縈的羅馬簾送到我手中，拆開的瞬間，我心中漾起一陣感動顫抖。我踮起腳尖將它掛上，不偏不倚大小剛剛好！此時，一陣晚風吹過，木質香味透過縫隙撲鼻襲來，淡淡的清香好似在對我訴說一扇窗子芬芳的美麗。

俗話說：「時間就是金錢。」

如果沒有寬裕的金錢，那就多花一點時間吧！

花時間，拿起嫩苗和鏟子，爲庭院栽植幾叢繽紛的花朵。

花時間，用幾日閒暇空檔，爲髒污的牆壁刷上新鮮的色彩。

花時間，在彎彎曲曲的賣場，尋覓一套合適的餐盤。

花時間，在紅紅綠綠的布莊，爲窗子挑選新的衣裳。

花時間，用零零碎碎的材料，爲屋子製作一件獨特的裝飾品。

一個家，一個靈魂、一個居所，爲自己的家，花再多時間都值得！

去吧！爲一個家，找一個夢

小屋經歷半年多的努力營造，漸漸接近我夢想的模樣。電視、雜誌、報紙媒體陸續來採訪，「根本看不出來是一個三十年的舊公寓。」這是來訪者最常給的讚美。

嗯，其實歲月的痕跡還是看得出來的。沒有十全十美的人，也沒有盡善盡美的屋，但是只要愛它，就會接受全部。

它的陳年舊疾（壁癌）、它的驕縱淚水（潑雨）、它的火爆怒氣（夏熱）、它的冰霜冷漠（冬冷），這些都是小屋的個性，我學習相處，並且敞開胸懷欣然接受。

愛上一間小屋的時候，陋室裡有光華，殘燈好似火花。

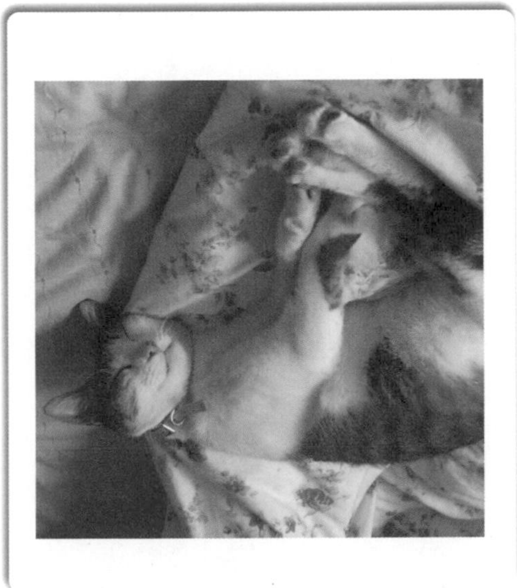

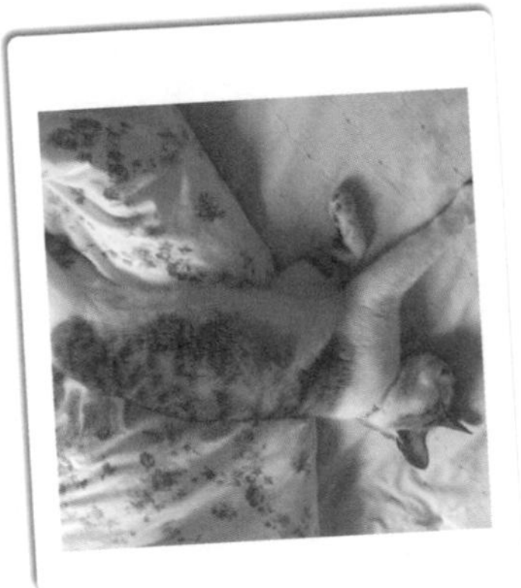

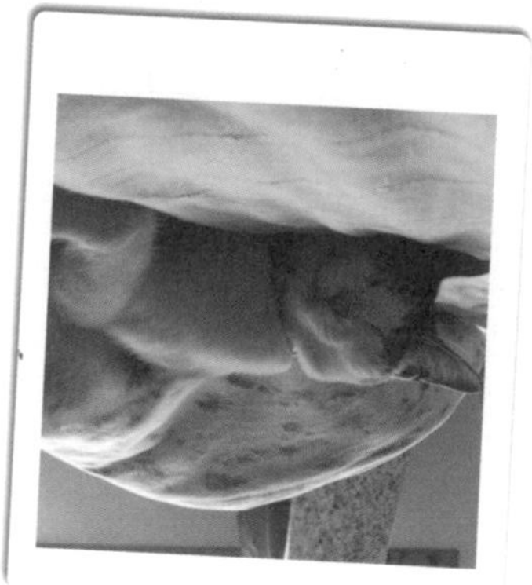

曾經，有觀眾來信希望我幫忙規劃他的家，可惜我並不是室內設計師，無法專業地、大刀闊斧地去操弄一個完全陌生的空間。更何況，家，是靈魂的居所，該要問問自己心底的渴望，才能營造一個自在怡然的場域。

在這個城市裡，一個女子和她的屋子，實在是平凡至極的故事。

然而，在這個塵世裡，每個人和他的家，都該是一段不平凡的故事。

來到小屋的人，往往在一盞茶之後，開始和我分享起他們的家，有租屋在外的、有剛買新屋的、有窩居舊房子的、有獨身的、有新婚的、有離婚再次獨居的……每一個人，每一個家，每一個故事，都是春光白雪，在各自的生命裡風景獨特。

某個雜誌社記者結束採訪後，曾略顯激動地對我說：「薇薇，妳帶我們做了一個甜美的夢！」

那是因爲她眼中有著夢想，才能望見我的屋夢。

從她澎湃的眼中，我看見一抹復又燃起的夢想焰火。我在心裡爲她祈禱著，去吧！去爲一個家找一個夢！去尋覓自己心中的天堂，是一件多麼美好的事情。

如今，每天每天，我越過熙來攘往的大街，穿過高樓雜處的灰色水泥叢林，只期待一抹燭光，靜靜在森林的盡頭亮起。

而我推開門，就會微笑。

Part 02

菜鳥上菜——

廚師檢定考的日子

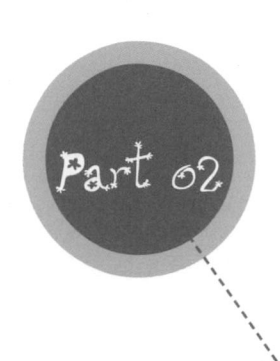

月光春雨忘憂麵

我喜歡待在廚房裡面，廚房裡面充滿著幸福的味道，幸福的味道常常令我莫名感動，沒來由地感謝上天的美好。

小時候住在眷村，狹窄的巷弄裡，一戶挨著一戶，你家的後門就是我家的前門；你家的廚房，正是我家的廳堂。每到傍晚時分，各式香味從挨家挨戶不同的小窗裡悠悠飄出，回家路上，我只要輕輕動動鼻子，哪一家今晚燒的是紅燒魚，哪一家正在燉當歸雞，從香味就可以辨別出來。

即使餐桌上永遠湊不齊一家人，即使昨夜家裡爭執不斷，可是只要踏進廚房，憧憬著待會餐桌上熱騰騰的食物，忐忑的一顆心瞬時得到暫緩的平和，在那麼小的時候，我就已經深深感受到廚房的魔力。

著魔的，還不只我，吉本芭娜娜《廚房》裡的主角櫻井御影是個能夠在廚房裡得到溫暖的女人，她說：「不管那裡是一片孤寂寒冷，或是有人陪伴而且溫暖，我都將無懼地凝視死亡；只要是在廚房就好。」

櫻井御影在經歷了一無所有的孤單人生後，「抬頭看到黑暗中有一扇明亮的窗子，從那裡飄出陣陣白色煙霧」，她的心忽然得到了撫慰，巨大的悲傷忽然有了出口。所謂廚房的魔力，極具療癒的神效。

很久以前，Discovery頻道播出「瑪莎的生活情趣」，那時候我對裡面如童話故事一般的廚房嚮往不已：木質調味料罐羅列排開，大型的烤爐、灶台完善齊備，牆面上掛滿平底鍋、大湯瓢、鐵鏟、木杓，乾燥的香料花草倒掛在廚房各個角落，我彷彿可以嗅到那美好的廚房正透過電視螢幕，把幸福的況味陣陣飄散出來。因爲瑪莎擁有這樣一個令人欣羨的美麗廚房，她曾經是讓我十分嫉妒的女人。

我相當喜歡從廚房裡面料理出滿滿一桌菜，然後三五好友、親人相偎共享，生命裡的美好滋味，融化在你一口我一口之間，看著交叉夾菜的手影舞動，聽著筷子互擊的清脆聲響，一股溫馨與感動又會讓我泫然欲泣。

我在心裡深深祈願著，有一天，我將擁有一間美麗的廚房，它也許不甚寬敞，也許無法華麗，但我願它充滿魔力，我將日夜虔誠唸咒施法，撫慰每個受傷的靈魂，讓緊張的得以平和、憂愁的得以喜樂、飄蕩的得以平靜、疲憊的得以安憩。

如果有一天，憂傷的你，路過了我的廚房，請不要羞澀你的叩響，我樂意爲你，在魔力廚房裡執起我的魔杓，用徐徐的晚風起灶、用如水的月光熬湯，最後用凝凍的春雨下麵，再撒幾顆瑩瑩的星子調味；爲你，只爲你，烹煮一碗月光春雨忘憂麵。

烹飪課❶

闖蕩江湖在廚房

「做出一盤菜」和「做掉一個人」有沒有相等的殘暴程度？縱橫廚房是不是也需要闖蕩江湖的心狠手辣？這問題在我第一次踏進烹飪教室時，轟然震懾著我。

第一天上課，講義菜單裡有魚，我定睛一看，攤在我面前的竟然是好大一尾活生生的魚！

我愣在魚的面前，看著牠活蹦亂跳，當下不知所措，整個人僵在那裡。隔壁的大嬸同學發現異樣，關心地湊來我身邊，慈祥地問我：「妹妹，怎麼了？」

我呆呆地回答：「這魚……是活的？」

大嬸噗哧笑了出來：「活的才新鮮啊！」

「可是……市場買回來的魚不都是殺好的嗎？」

「學做菜當然要會殺魚啊！」

我又愣了幾秒，腦筋一片空白：「那……現在要怎麼辦？」

大嬸好心教導我：「先敲昏、去鱗、剖開來挖鰓、清理腸泥……」我連魚都抓不穩，怎麼殺啊？何況，牠是活的耶，殺了牠，我豈不是雙手沾滿鮮血的兇手？

大嬸還沒說完，助教已經兜來我身邊。他站在我後面，見我畏畏縮縮的樣子，大爲不滿，厲聲命令我：「還不趕快拿刀背狠狠把牠敲昏！」一聽見助教怒喝，我嚇得趕緊拎起菜刀，舉著顫抖的手，在魚的頭上柔柔地輕碰了一下。

助教看見，火氣急竄上來，一把奪過我的菜刀，示意我閃到一邊涼快去。

說時遲那時快，在我還來不及反應的瞬間，助教使出蠻力，瞳孔裡閃過一絲奇異的光芒，快、狠、準地往魚頭重重一擊！當下，魚不動了！我被突如其來的殺戮畫面震駭，驚呼一聲：「我的媽呀！」

這一嚎叫，助教火氣更旺，惡瞪我一眼，怒斥著：「連殺魚都不會，還學什麼做菜！」不知道爲什麼，那話語飄進我耳中變成了：「連砍人都不會，還闖什麼江湖！」

這位助教聲若洪鐘、目光銳利兇惡、嘴角閃著金牙，再加上剛剛親眼目睹他砍魚的狠勁，我猜想，年少時候的他鐵定是拿著開山刀闖天下的火爆浪子，中年退隱江湖後才意猶未盡拿著菜刀改在庖廚裡緬懷昔日；所以，剁這點雞鴨魚肉的小事，於他，根本不費吹灰之力。

驚魂未定的我，已經嚇出一身冷汗，第一堂殺魚課，讓我瞠目結舌。菜刀猶如開山刀，闖蕩廚房的第一步，我踏得畏手畏腳，活像個沒膽的小嘍囉。

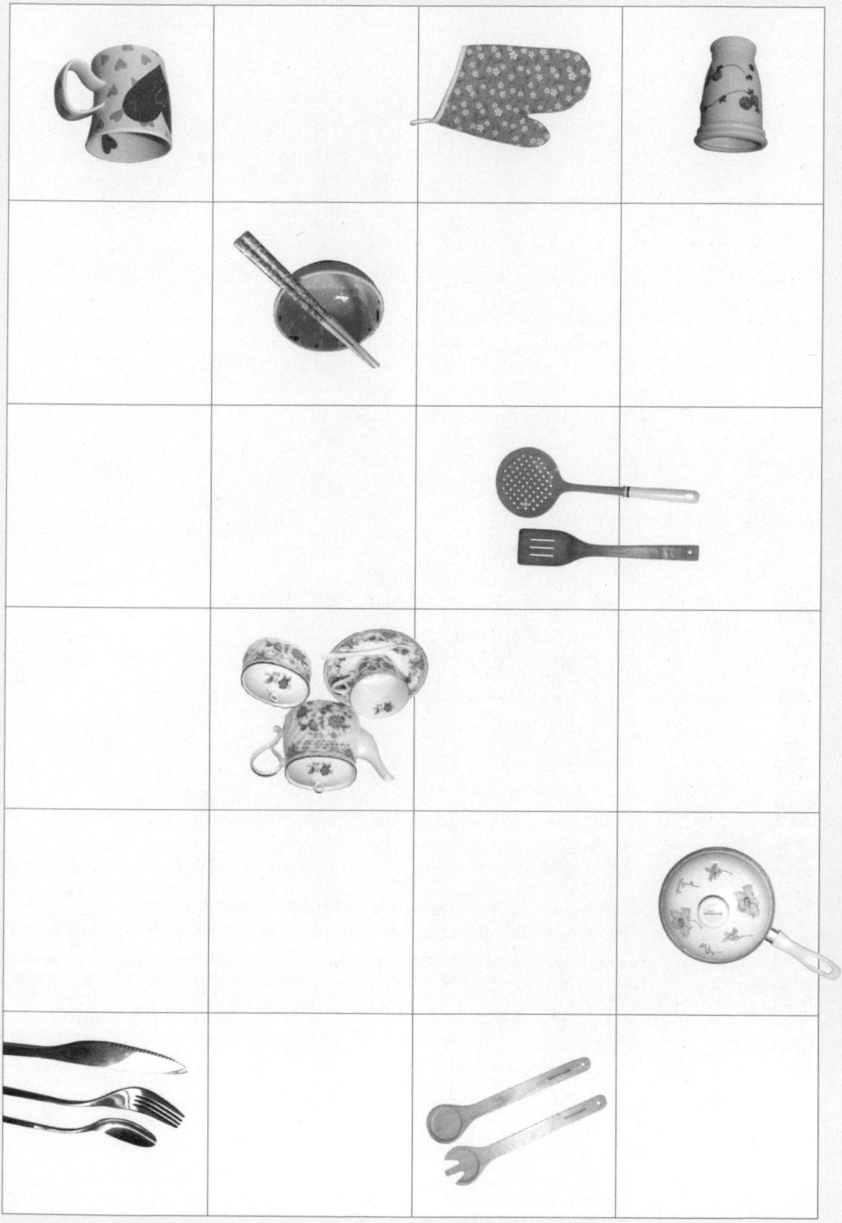

烹飪課❷

認眞的婆婆媽媽最美麗

在這間烹飪教室裡面，我的同學多半是有一點年紀的婆婆媽媽們，她們的求學精神遠遠超乎我的想像，甚至令我驚奇。

早上八點的課，我總是遲到，每回我姍姍來遲走進教室，就看見婆婆媽媽們早已就定位，大家專注凝神，現場好似聯考衝刺班，每個人都兢兢業業地猛抄筆記。

有一位歐巴桑，她說她不太識字，我看見她在筆記本上，發揮大概從幼稚園美勞課之後就不曾施展過的塗鴉功力，一筆一畫，完全用「畫」的把老師的重點記錄下來。

「那細細長長的是什麼？」我湊近她的筆記本，好奇詢問。

「魚啊！」

「那彎彎短短的呢？」

「蝦子啊！」

哇，我恍然大悟！眞是大開眼界！歐巴桑的簿子上充滿各種引號、箭頭，詳細標示著步驟與順序，這樣的用心，任誰看了都要感動。只是這本筆記，只有歐巴桑自己看得懂，在我看來，那鬼畫符一般的圖案，根本是一本難解的武林祕笈；多年後，深深山林裡，一位追尋食神蹤影的人，跋涉千山萬水來到歐巴桑跟前，鞠躬謙卑地問著：「敢問食神，傳說中消失已久的美味祕笈……」

只見歐巴桑氣定神閒，緩緩從懷裡掏出一本沾滿油漬的課堂筆記，睨了來人一眼，悠悠吐出：「絕世祕笈，在此！」

突然間，萬丈光芒照耀在我眼前這本簿子上，閃閃發光。

「這樣妳是看懂了沒？」對於我看不懂她的筆記，歐巴桑明顯地不太高興。

「喔！懂懂懂！」我珍視地望著祕笈，這本傳奇的武林寶典，我可得多看幾眼。

除了歐巴桑，還有一位大娘，上課過程中三不五時就會舉手發問，問題鉅細靡遺，完全實踐了「在不疑處有疑」，令我甘拜下風。

好比：「老師，皮蛋切丁之前要不要先壓扁？」（隨便嘛！反正最後都切成丁啦！）

「老師，爆香料要先丟蔥還是先丟蒜？」（都可以啊！）

「老師，炸雞翅的油要倒七分滿還是八分滿？」（這……有差嗎？）

無論如何，這樣旺盛的求知欲還是令人激賞，至少我在求學時代，一向都是瑟縮地躲在角落，最怕被點起來講話，更遑論主動舉手發問了。所以，勇於發問的大娘，眞有妳的！

還有一位緊張型的媽媽同學，恨不得把老師的步驟全刻在腦海裡，回家馬上演練。有天，老師講解三色蛋的作法，老師這頭還沒說完，另一頭她已經躲到窗口，拿起手機開始遙控家裡的老公：「快！幫我買兩顆皮蛋和一顆鴨蛋，鴨蛋要生的，不要買熟的……」她不放心，又再次提醒，「記得要生的鴨蛋喔！」交代完畢，她才鬆了一口氣掛掉電話，略顯靦腆地回到課堂。面對這樣認眞的學生，老師一定相當欣慰吧！

最令我驚奇的是，有一回，一位大嬸的手指頭受傷了，無法做筆記，但是，老天！她竟然帶了錄音機！錄音機耶！

老師剛開口上課，大嬸就按下開關，壓低聲音，專心準備用「口述」來做課堂筆記。

我悄悄挪動身體湊近她旁邊，聽見她鬼鬼祟祟對著錄音機說著：「現在老師正在切茄子，等下要泡水……記得要切蝴蝶刀，然後……再來……還有那個麵糊的比例是……」

嘩！了不起！

這一刻，我抬頭望著我的婆婆媽媽同學們，她們或執筆低頭抄寫，或拿著鍋鏟比劃，或對著錄音機記錄，她們全神貫注，她們全心全意，那一條條細細蜿蜒在婆婆媽媽眼角邊的皺紋，看起來怎麼那麼優雅、那麼美麗呢？

烹飪課❸

與優雅無關

如同每一個你所能想像的典型烹飪節目，我眼前電視上的漂亮女主持人穿著嶄新圍裙，正在無油煙、無髒亂，窗明几淨幾乎眞空狀態下的寬敞廚房裡，從容不迫地製作一道三杯雞。

我冷冷打量著她，瞧，她巧笑倩兮，她遊刃有餘，她慢條斯理，她的菜刀不會打架，她的盤子不會跌倒，她她她，她甚至還可以將頭髮俐落挽起，結束後整齊如昔！我哼哼冷笑一聲，因爲我知道，這是一千零一夜，這是天方夜譚，這一切都是假的！

如果我曾經以爲做菜是一件何等優雅的事情，我爲這樣的誤解感到遺憾；就我某次挑戰三小時製作八道菜的經驗來說，那戰況之激烈，只能以「慘不忍睹」四字形容。

魚已經下鍋了，才發現還帶著水，拎著尾巴把它從油鍋搶救回來，趕緊找一些太白粉湊合著拍上，一不小心，粉又撒了滿桌。算了，不清理了，先炸吧！這邊油還在嗶啵爆跳，糟糕，隔壁蒸籠裡的三色蛋快蒸爛了，急著掀開鍋蓋，忘了蓋子可是熾燙著，手一縮，罄鈴匡啷，就掉在地上。可我哪還有時間拎撿，這油鍋裡的魚已經趁我不備偷偷摸摸地在沾鍋了啦……

老媽經過廚房，完全在戰場外，她隨口一問：「妳可不可以幫我……」

汗如雨下的我，扯開喉嚨吼著說：「不・可・以！」

我自身難保、我蓬頭垢面、我亂七八糟，我我我，我甚至兵荒馬亂到連就在眼前的鍋鏟都找不著。

滾滾熱油的高溫煎熬著我，迎面而來的油煙襲擊著我，就這樣烏煙瘴氣地打完一場混戰。

我回過神來，觀望著這浩劫餘生之地：撒了滿桌的太白粉，瓶蓋不知道到哪裡去的醬油罐，凌亂的水槽，黑巴巴的鍋子……哼哼，兩顆原子彈炸過的現場不過就是如此！

再看看我，一身狼狽，我終於明白為什麼人稱家庭主婦是黃臉婆，這樣天天煙燻油醃，不變成黃臉婆才怪！要是持續這樣下去，我很快就變得老摳摳了，到時候自我介紹就要寫著，女，二十八歲，人稱黃臉老太婆。

「看，so funny，so easy–！」烹飪節目裡漂亮的主持人開心地捧出一盤三杯雞，對於她到現在還可以是一位雍容華貴的小公主，我打從心底佩服不已，我覺得自己活像是從油桶裡被撈起來的可憐蟲。

面對著滿桌的菜，我一點食慾也沒有，我迫不及待去洗個頭、敷個臉，拯救我將要失去彈性的肌膚。

至於「優雅」兩個字，我把它揉一揉，跟著廚餘一起丟到垃圾桶裡面去。

順便「啪」一聲關掉電視，小公主就留在攝影棚裡，別再做夢了！

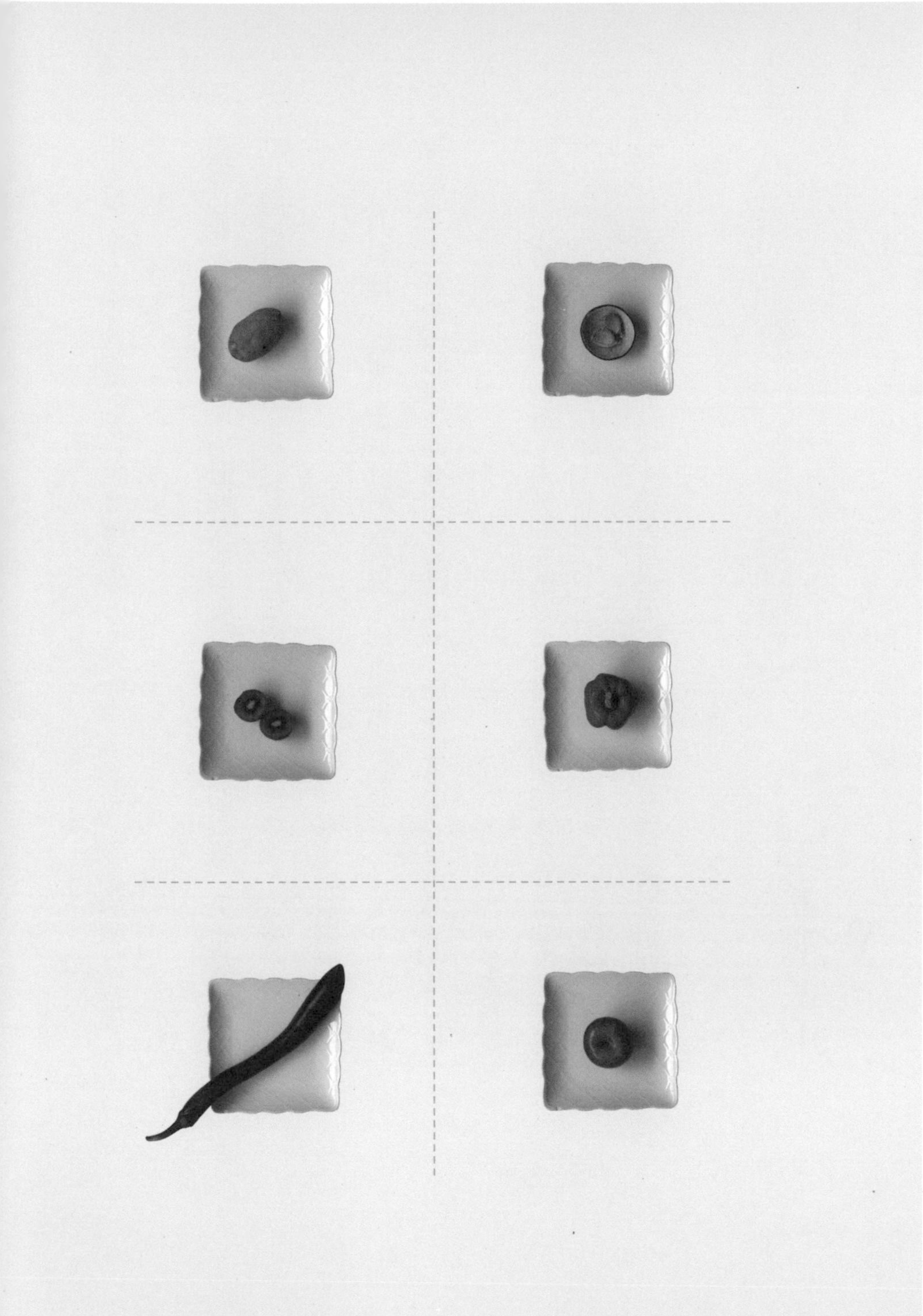

烹飪課❹

小天使女生

這個烹飪班隸屬於某私立高中的成人技職教育班，所以往往假日時還可見一些高三學生到校唸書。

每一次我們實做出來的成品，都會端到隔壁間教室，按組別陳列，最後請老師一併講解優劣。

有一天，我在廚房忙得焦頭爛額，好不容易變出幾盤菜端到隔壁教室，卻發現裡面有一個小女生，不知從哪裡蹦出來的，正拿著碗和筷子，把每一組做好的菜，都夾幾口放在碗裡當午餐。

她，纖細瘦小，一雙黑白分明的大眼睛骨碌碌轉著，過度白皙的皮膚顯得蒼白，因爲太蒼白了，恍惚間竟然讓我覺得她好似有些透明，不那麼眞實，並且隱隱藏著哀傷。

見我好奇地望著她，她怯生生地說：「老師說我可以吃這裡的菜……」她緊張地頓了一下，像一隻受驚的小獸，「這樣不好嗎？」上課這麼久了，從來沒有外人出入這間教室，像這樣未經允許就跑進來，著實有點突兀。

「不會呀，」但她的慌張讓我不忍，只有這樣回答。

「妳自己的午餐呢？」我又問。

「平常我同學會幫我帶，可是假日她不用來，就沒人幫我帶了。」她依然小小聲的回答。

「這樣啊……」明知也許不該問，我還是問了，「妳家裡沒人幫妳做便當嗎？」大大的眼睛閃爍了一下，很快回答我：「他們很忙……」隨即低下了頭；我想，我眞的問了不該問的問題。

我把剛端出來的菜推到她眼前，說：「以後妳都可以來吃我做的菜喔！」她猛點頭，心滿意足大吃了幾口。

「好吃嗎？」

「好吃！」她開心嘹亮地回答。

我隨手夾了一口，送進嘴裡，慘！失敗的茄汁豬排！我尷尬了一下，她眞是個貼心的女孩！

後來我知道，她平常除了高三的課業要忙，還要在自家樓下的自助餐打工，她喜歡唸書，不過都是一些閒書，剛剛參加了大學甄試，還不知道結果。

隔週上課時，我找了一些書，想要送給她。搭捷運的途中腦海裡閃著她輕靈的笑容，沒想到，剛出捷運站，就瞥見她的身影。她走在我前面，微駝著背，肩上掛著一個沉甸甸的大書包，胸前還抱著滿滿的講義、參考書，她的步伐猶疑、眼神徬徨，並沒有發現我。

突然我停下了腳步，鼻頭酸酸的，眼前的身影變成了十五歲那年的我，從冰凍的家裡走出來，想著茫然的未來。有一次到數學老師家，師母爲我做了一個肉鬆三明治，那麼簡單的土司夾肉鬆，我吃得眼淚都掉了下來。原來還是有溫情可依，人世間有溫暖，即使一個平實的香味就能蘊含無限關懷與祝福。

「嘿！」我衝上去拍了她的肩膀，把書送給她，她驚喜地收下。

「中午記得來吃飯喔！」我熱情地邀請著。

「好！」她開心地猛點頭。

最後一次見到她，她興沖沖跑來我的烹飪教室，對著正拿著鍋鏟張牙舞爪的我說：「我甄試上大學了！」她的語氣興奮，蒼白的臉上有些許紅潤，說也奇怪，這個透明的女孩忽然變得立體分明，那麼眞實、那麼飛揚。

「謝謝妳的午餐。」她向我道謝，我卻覺得慚愧，只是一些不成熟的練習菜嘛！「不過，我覺得很香、很好吃喔！」她對我眨了一下眼睛。

溫暖人心的，不是我熱騰騰的菜色，而是她暖洋洋的體貼呢！

烹飪課❺

跳一曲廚房華爾滋

經歷了幾次浩劫餘生的登陸廚房大作戰後，我嚮往一種自由自在、隨心所欲的做菜氣氛。

就像是在廚房裡跳一曲曼妙的華爾滋，套上蓬蓬的圍裙舞衣，雙手擺盪間把蔥薑蒜末切齊備用；輕踮起腳尖、執起鍋鏟，食材下鍋，一陣恰似乾冰般的煙霧霎時瀰漫；在兩個轉身迴旋之後，俐落起鍋，一盤佳餚飛托上桌，優美得不可言說！

不過要練出自己的舞步，從台下走到台上，可不是一條容易的路。

新手入廚房，不可免的經驗是一邊攤著食譜研究，一邊手忙腳亂，我當然不例外，常常整本食譜弄得又髒又油，也不見得端得出什麼驚天動地的料理。說實在，我並不是很喜歡這種食譜書籍，像是學生時代本能地排斥教科書一樣。

在我來說，做菜就像變魔術，幾根乾辣椒、幾塊雞肉、少許花生，就可以變出一盤宮保雞丁；明明是太白粉加水，又可以燒出「燴」、「羹」、「溜」不同的烹調方式，做菜簡直比無所不能的大衛魔術還讓我讚嘆。可是，食譜常減低了這種自由度，有一種綁手綁腳、不得伸展的束縛感。

而且，食譜宣揚的，是一種普世大眾接受的標準味道，至於合不合自己的口味，能不能從標準食譜裡演變出自己的風格，那又是另外一回事。

大學時代，我們五個要好的女生一起經營泡沫紅茶攤。開攤初始，上游出貨商提供一份標準配方，大家就照著這張配方開始調製；但是久而久之，熟練了以後，再也沒有人彎腰去察看配方，大家各憑感覺行事。

有一天，我在校園遇到一位老師，她和我聊起我們的珍珠奶茶，她說：「奇怪，妳們五個人搖出來的珍珠奶茶味道都不一樣啊！小潔的比較甜、薇薇妳的就比較濃……」這就一個經營者的角度來看，沒有標準化的商品是相當不及格的，但這其中也不難看出口味與調製者本身個性的關連。小潔向來喜歡吃甜點，她調出來的珍奶當然較甜；我向來偏好牛奶的香醇，所以我的奶精粉常不自覺就多加了一點。這不就是我們個人的特色嗎？

所以，奶酪一定是一千西西的牛奶配上十四公克的吉利丁片，再加入八十二公克的糖嗎？

糖醋醬一定是一杯的水加上一湯匙的醋和糖，還有兩湯匙的蕃茄醬嗎？

從那些制式的數字掙脫出來吧！總有一天，我要在廚房裡，跳一曲「我的」華爾滋。

勇闖蛋花王國

「大家千萬不要小看了一顆蛋！」老師在前方，神聖地舉起一顆蛋，這平凡不起眼的蛋，在日光燈的照耀下隱隱發光，配合著老師聳動的語氣，一顆蛋，躍升爲一位尊貴的國王，像是首度出巡那般，正用他尖尖的頭、胖胖的身軀，睥睨著台下謙卑又興奮的子民。

「哇！蛋耶！」「對啊，是蛋耶！」「沒想到最難的竟然是蛋耶！」大家睜大雙眼，大大小小的新奇聲此起彼落。

「沒錯，蛋最簡單也最容易出錯！考試的時候不可不留心啊！」老師語重心長地說，「今天，有滿滿一箱的蛋，大家慢慢練習。」

我捧著蛋，小心翼翼，眞不可思議，最難的竟然是蛋！不是什麼豆豉排骨、蔥燒大排，也不是什麼魚香茄子、宮保雞丁，嘖嘖嘖，難道這就是平凡中見偉大？

不過我信誓旦旦，在心裡立下豪願，一定不會讓我的蛋完蛋！

於是我決定先來練個蒸蛋，「四個蛋配兩碗水，加一點點太白粉水勾芡」，喏，一句話就寫完了，應該不難吧！

呼嚕呼嚕弄好了，就趕緊放進蒸籠蒸。等待的當口，順道煎了蛋餃的蛋皮，煎了幾個，感覺上還滿順遂的，順遂得讓我不安了起來；偷偷瞄向同學，有人在滷蛋、有人在做三色蛋，一時間教室裡蛋花處處開，蛋香撲鼻而來。

老師經過我身邊，我展示我的蛋料理，他瞥了一眼我的蒸蛋，直接下命令：「重做！」轟！為什麼？看起來好好的啊？

「蒸蛋，必須表面光滑如瓷，傾斜四十五度不能移動，這才叫好蛋！」

那那蛋餃的蛋皮呢？

「蛋皮，不能太厚，掩蓋了餡味；也不能太薄，易破！」

那那那，荷包蛋呢？

「荷包蛋，蛋黃切記不可破，蛋白邊際不可焦黃，整顆蛋黃務必熟透，但是不能用筷子戳戳看！」

哇！這麼嚴格啊！如果搞不定這些蛋，當下就可以滾蛋了。看著練習題上的蒸蛋、滷蛋、蛋餃、三色蛋、荷包蛋、蛋花湯、鳳凰蛋卷……我只有捲起衣袖，準備勇闖蛋花的世界。

我舉起一顆蛋，親愛的蛋國王，我是你的子民，從今以後我將心悅誠服、畢恭畢敬地服侍著您！

烹飪課❼

我的老師與他的助手

我的老師和他的助手，這兩個人怎麼擺，都覺得怪怪的，如果要用形容詞來描述一下這兩個烹飪班的靈魂人物，大概如下：

我的老師——瘦小體型、頭髮花白、戴著銀邊眼鏡，頗有清風道骨的味道。

他的助手——中廣身材、牙齒漬黃、火眼金睛、粗聲粗氣，莽夫，該是黑道轉業。

這兩個迥異的人湊在一起教一群三姑六婆做菜，光用想像的，畫面就充滿了喜感。

老師像一位得道的高僧，捻著鬍鬚緩步輕移在教室裡，為同學開釋；助教則是誤闖空門的浪蕩子，在烹飪教室裡橫衝直撞，像一陣勁風呼嘯來、呼嘯去，總是怒氣沖沖，斥喝同學哪一個步驟有誤。

老師的修養極好，可以從一件事看出來。

第一天上課他在黑板上寫下兩支大哥大號碼外加住宅電話，千叮嚀、萬交代，有問題不要怕問，而我以為那是客套話；但沒想到真的有一位同學，在課堂外認真求教於老師……

「八通電話？妳是說一個晚上打了八通電話嗎？」我的眼睛瞪得老大，不可思議地尖叫了起來。

「對啊，我一直練習就一直有疑問，只有一直不停打電話給老師。」同學一直說著，語氣特別強調「一直」兩個字。

可是一個晚上打了八通是不是也太誇張了，「老師沒有生氣嗎？」我問。

「生氣？沒有啊！老師很親切耶！還叫我不要客氣！」

我想起之前常常看見老師氣定神閒、面帶笑容，坐在教室一隅，燃起一根菸，任煙霧緩緩繚繞在他身邊，一副修道者的模樣。不知道這樣好修養的老師在烹飪課外是什麼樣的人？

有一次得知：「什麼？老師有西班牙吉他協會的教授文憑？」

「對啊！」

「那是個什麼東東？」

「不知道……不過聽起來很炫耶！」

然後，又在一個偶然的機會得知……

「什麼？老師還會勘輿和相命？」

「對啊！」

「怎麼會這樣？」

「做菜大概也可以悟道吧！」

我望著老師，突然覺得他的笑容高深莫測了起來。

高僧老師高深莫測，那麼，浪蕩子的火爆助教呢？他私底下究竟和黑道有沒有關連呢？爲了滿足大家的好奇心，我很樂意冒死一問。

「助教……」我怯生生地喊了他。

助教猛一回頭，紅眼惡瞪：「吼！妳有什麼問題？」

「啊！沒……沒事……沒事！」我聲音發抖，雙腳皮皮剉，一溜煙地逃走了。

他是不是個黑道大哥，我還不知道，但我眞是個 孬種，再確定不過！

衛生搞不定

大陸稱清潔工作叫做搞衛生，「搞」這個字眞是用得栩栩如生，套這個動詞，考廚師執照的衛生還眞難搞啊，看起來最基本、最簡單的要求，怎麼就是搞不定呢？

你以為衛生是只要把雙手洗乾淨就好了嗎？

你以為衛生是只要把碗盤洗乾淨就好了嗎？

你以為衛生是只要把菜葉洗乾淨就好了嗎？

如果你這麼想，只會得到：「錯！錯！錯！」連三錯！廚房衛生這件事情，即使小時候當過衛生股長、班上拿過整潔第一，可都沒有用的喔！只要一不小心，很容易就會淪落到「不衛生」的罪名。

每一類食材（好比蔬菜類、肉類）切好後，雙手、砧板、菜刀、抹布都要徹底洗過，才能再切下一類食材。而同一類的食材也不可以一路切到底，肉類與肉類轉換間，就要洗一次砧板，不然就是不衛生；每切三樣蔬果，就要洗一次砧板，不然也是不衛生。

再聽聽難搞的雞蛋要怎麼搞衛生吧！首先，雞蛋要洗滌好，然後將它敲破，打進乾淨的小碗裡，仔細檢視蛋有沒有腐壞，確定沒有問題，才可以進行料理。也就是說，如果，你需要使用五顆蛋，那麼就要重複這個動作五次，每一次都要先把蛋打進小碗裡檢查無虞，再倒進大碗裡綜合，不然，還是不衛生。

好，來練習一下，如果今天要煎一個荷包蛋，你可以拿了蛋就直接打進炒菜鍋裡煎嗎？當然不行！你必須先把蛋打進小碗裡，檢查沒問題後，再把蛋從碗裡倒進鍋裡煎，這樣瞭解了吧！

另外，抹布要經常清洗，而且不能用同一塊抹布擦拭兩種以上的用具，也就是說，同一塊抹布，擦了這個盤子，就不能擦那個碗，不然，依然是不衛生。

洗好的盤子，最好是並列排好，可不能隨意亂疊，如果非得要疊在一起，那麼盤子跟盤子之間要夾一張餐巾紙，不然，仍舊是不衛生。

因爲太容易就不衛生，搞得大家神經兮兮，每一個細微的動作之前，都害怕犯了大忌。

好比，那洗完手，雙手濕濕的，可以在圍裙抹乾上嗎？

好比，汆燙完韭菜的水，還可不可以用來燙青椒呢？

好比，端菜一定要用托盤嗎？可不可以用手捧著呢？

天啊！搞什麼啊！爲什麼衛生那麼難搞啊？誰能告訴我，到底爲什麼衛生那麼難搞啊？

烹飪課 9

全世界廚師都會犯的錯

突然接到通知，十幾天後就要舉行廚師檢定考的術科測驗，我嚇得快昏了。整整八十六道菜，一道都還沒開始練習，該怎麼考呢？於是我趕緊排定了練習菜單。

聽說我要下廚，老媽唯恐全世界不知道，興奮地吆喝了一大堆人，聽她在電話中嗒呼的是：「對啦！我女兒要下廚辦桌啦！你們全家一起來啊！小孩也帶來……」我還來不及阻止，不一會，哼不啷當來了三大兩小，加上我家餐桌上已坐定的三位，加上我自己，總共是七大兩小，太好了，越來越多人要見證一樁慘案的發生。

走進廚房，挽起袖子，看見很小很小的一條魚靜靜躺在水槽裡。

「這魚怎麼那麼小？」我嘟囔著。

老媽解釋：「這樣就算煮壞了，糟糕到要直接丟進垃圾桶，至少還不會太心疼。」

結果，這不被看好的糖醋魚，竟然是那一天最成功的一道菜，大夥兒爭相分食、讚不絕口，老媽扼腕，早知道就買大一點的，眞不該小看我的。

練功又荒廢了幾天，等我意識到要考試了，只剩一個晚上可以練習，我趕緊發憤圖強，決定要把佛腳抱緊一點，一口氣排定十道菜，預計三小時完成。

上回做糖醋魚，老媽因爲不相信我的廚藝，買了超小且廉價的吳郭魚給我，結果竟然超好吃，爲了彌補上回的遺憾，這次她豪氣地買了一條大黃魚。

大黃魚耶！我不免流起汗來，是不是也忽然太看得起我了？而結果，我實在不能理解，明明是用差不多的方法，爲什麼這一次的魚那麼沾鍋，東拉西扯間，魚尾巴……斷了……

「斷了……」我氣如游絲吐出一聲驚嘆，背脊一陣涼意，這代表著：大勢已去啊！雖然我相信，我犯了全世界廚師應該都犯過的錯，但是，考場是殘酷冷血的，「尾在人在，尾斷人亡」，沒有保持菜色優美的身形，只有接受當場淘汰的命運。

再看看那裡面根本沒煮熟的滷雞翅、炸得黑漆嘛烏的蝦餅、破掉的鳳凰蛋捲，還有蒸蛋如月球般崎嶇不平的表面……我閉上眼睛，隱隱感到有點頭痛。

翻翻我的練習菜單，八十六道菜還有將近七十道尚未練習，考試就在明天，禁不住一陣哆嗦，這樣，我眞的可以上戰場了嗎？

烹飪課⑩

扛著菜刀上戰場

和鍋碗瓢盆搏鬥了一段日子，廚師執照的考試日子終於到了。為了預防考場提供的菜刀不夠銳利，我自備了一把剁刀和一把片刀，真真正正是扛著菜刀上戰場。

進去測驗場之前，有一些小規則還得特別留心：不可以化妝，要戴帽子，並將前後頭髮覆蓋，不能有劉海；身上不可以佩戴任何飾品，塗抹指甲油、項鍊、耳環都不允許；不可以穿背心、短褲，腳上要穿鞋，而且一定要穿襪。

總之考試時有一整套標準的工作服，等我套上圍裙、戴上帽子、整裝完備後，緊張的我忽然一陣尿意湧上，我正準備往廁所跑去，有個人喊住我：「喂！站住，這樣不能上廁所。」

這樣不能上廁所？那怎樣才能上廁所？

「把衣服脫掉！」

故作鎮靜接受採訪，
其實剛剛才在考場嚇出一身冷汗。
（照片原刊登於自由時報92.8.13　攝影／馮亦寧）

啊？

原來，基於衛生起見，穿上工作服後不可如廁，所以我只好又將全身衣物脫掉，上完廁所，再重新一一穿上。

要考試了，我們先被帶到一個小房間，這一場共有十二位考生，考前推派一個人抽題，抽到哪一組題，就考哪一組。今天要完成的菜色是：滷雞翅、榨菜肉絲湯、涼拌韭菜、清蒸魚、油飯、玉米炒蛋。

其實，這組題目很簡單，應該不成問題才是，但是，才剛走進考場，我的手心開始冒汗，雙腳微微踩不穩步伐。各就各位後，四位評審在身後走來走去，八隻眼睛銳利掃射，忽然間我的腦筋一片空白，不知道自己現在要幹嘛。

偷瞄了一下同學，對！我應該要先清洗所有的餐具才對。洗淨餐具後開始洗菜。處理雞翅時才發現，試場竟然安排給我們火雞翅，上面黏附著細細白白的毛絮，想著老師之前叨叨的叮嚀：「發現一根雞毛扣二十一分。」爲了那二十一分，跟火雞拚了！

我瞪大眼睛握著雞翅，一根一根雞毛慢慢拔，這輩子沒有和一隻雞握手握這麼久的時光，時間彷彿都靜止了。

原本得意自己將雞毛拔得一乾二淨，抬頭一看，這才發現隔壁同學竟然都已經在切菜了！嚇壞我了，我也趕忙拿出菜來切，因為心慌混雜著緊張，我的手不斷在發抖，抖抖抖，抖抖抖，力道難以控制，肉絲一直剁成碎肉，相當不妙！

「唉喲！」不遠處有人驚呼，是怎麼了怎麼了？

「評審，我切到手了！」一個男生捧著他的手指，臉上表情驚慌扭曲，其實只有流一點點的血。監評讓他戴上手套，符合衛生原則下繼續考試。

六道菜，短短兩個半小時，大家都疲憊不堪，掉鍋鏟的掉鍋鏟、打翻水的打翻水、切到手的切到手，哀鴻遍野，原以為我們這一場已經很慘了，後來聽同學描述：「你們那一場有人切到手算什麼，我們這一場考試考到一半，『轟』的一聲，有位同學的鍋子竟然火山爆發了耶！」我瞪大眼睛，竟然有人考試考到鍋子都起火了，老天！這是什麼驚悚畫面？

甫從考場出來驚魂未定的我，喘吁吁、汗涔涔，短期內我不打算再進廚房了啦！

回到我的廚房

那時，我即將擁有一個廚房，獨立自主、無人侵擾，眞眞正正屬於我的廚房。爲了它的來臨，我在夜裡憂心難眠，還沒有準備好這樣初次的體驗，一個廚房將它的未來，全心全意託付給我，我勢必要承擔，卻又害怕得想逃離。

第一次相見的時候，我一步一步踏上沒有電梯的古老公寓頂樓，顫巍巍地打開門，進入未來的居所。四處晃繞了一圈，然後，來到廚房，它的面前。

門已經拆掉了，我踏入，霉味濕氣撲鼻而來，壁面上是陳年的油垢污漬，瓦斯爐上附著焦黃黏膩的稠液，流理台裡還有不知何年何月遺留下來的廚餘，兀自散發著怪味。看著殘敗頹舊的它，初見的第一眼，儘管強壓住，但我仍是流露出失望，不知道我眼底的訝然與落寞，是否傷害了它？

再望一眼，這樣的光景，可以想見過去年歲裡它緘默無語的荒涼。我亦是荒涼的，我們兩個傷殘朽靈，在命運的引索下，悠悠忽忽穿越了迷宮與暗巷，終於發現

了彼此。

好幾個黑夜白天，我站在遠處眺望著廚房，它靜靜與我對望，彷彿有個意念想要傳遞給我，希望我心領神會，它將以什麼樣的姿態與我相處，希望我清楚明瞭，它要我為它抓取哪一道靈魂的光。

漸漸地，它迷人樣貌在我眼前清晰了起來，我感覺它還有著渴盼，即使歲月已幽幽度過大半，仍有璀璨瑩亮的火花在我們交會的時候閃爍著。

我知道，它需要透透氣，需要有清新的風在身邊流動，於是決定打掉整面封閉的牆面，讓它長年囚禁的咒語得以解除。兩旁的窗戶也一併打開，讓和煦的陽光灑進來，蒸發長年的霉味。

然後，對！要一個拱門，充滿地中海風味的拱門，一點燦爛的氣息可以給它注入青春活力。這個拱門，我拜託工頭先生一定要找給我，囿於經費有限，他找了一個廢棄物給我，灰塵、老舊，不過那有什麼關係，差不多古老的年齡，拱門與廚房，它們該會有喜逢知音之感，能夠累積深厚情誼。

慢慢地，一點一滴成形了，深淺綠色馬賽克磁磚環繞牆面、質樸天然的南方松鋪成地板，隔著霧面玻璃透光的天花板，還有淡雅木質紋路的精巧廚台。

我望著，望著，我的廚房，徐徐緩緩開始呼吸了。

拱門上方，我懸掛著兩片迆地的淡綠色薄紗窗簾，有風的時候輕輕柔柔飄逸，一個微笑一個冥想，悠然湧現。

這一分秒，回到我的廚房，廚房回到我，終於，我們找到了彼此。

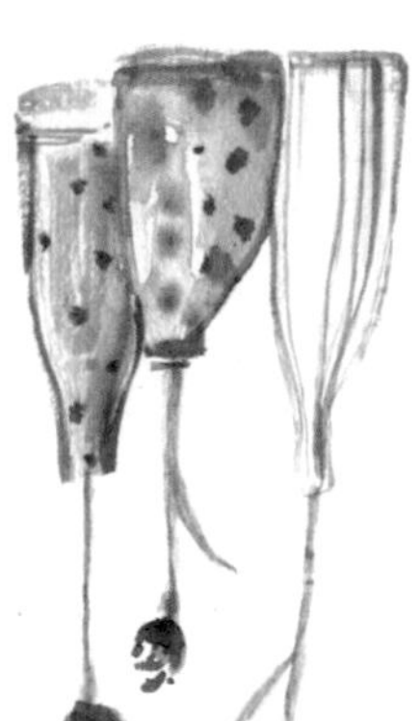

Part 03

再見了，
親愛的浴室，再見！

——紀念一間浴室的死亡與新生

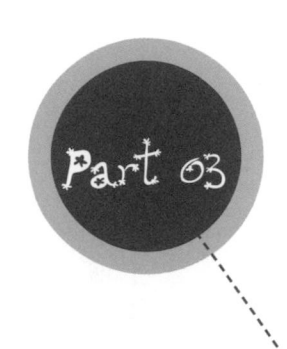

再見了，親愛的浴室，再見！

我的愛廁

生於二○○二年八月初

歿於二○○四年四月三十日

再度復活於二○○四年五月末

五月是，雷光夏的詞，

五月天樂團的歌聲，銀色夏生的攝影集。

五月是，一年的一個月，一生的一個蛹期。

五月是，我的浴室的苦難期，

我幽暗的冬天，與甜美的春天。

全世界最悲傷的浴室

二〇〇四年五月的時候，是我和我的小屋相處近兩年的時候。我的小屋，屋齡比我的年齡蒼老一歲，悠悠的歲月之感，讓我一直有種靈魂照見的知交之情。

爲了讓這間殘舊的小屋得以重新擁有活力與風采，我在百廢待舉的工地、焦頭爛額的碩士論文、報社工作的三方奔波下，花了半年多的時間，一個晨昏又一個日夜，將它細心重修。

別提，曾經因爲工地各種渾濁怪氣的侵襲，我狠狠嘔吐十一次，被送到醫院急診吊點滴。

也別提，耗盡僅有的積蓄，捧著原本要去繳助學貸款的存款，心甘情願拿來貢獻給我的小屋。

我以為最後美好的光景可以長長久久，小屋會開開心心地直到永遠，但很明顯地我錯了，老天爺開了一個玩笑，一手打造的小屋，沒多久，竟然變得悶悶不樂。

最不快樂的，是那間美麗的浴室。

不知道之前裝修工程出了什麼錯誤，浴室彷彿受到莫大的委屈，美麗的它開始哭泣，從一滴眼淚，到兩滴眼淚，到後來眼淚變成小河流，流過我的浴室，流淌到樓下，把樓下的浴室一併弄哭了。我這才驚覺原來我擁有一間全世界最悲傷的浴室，而當樓上樓下哭成一片的時候，我驚慌目睹，也快哭了。

再這樣下去不是辦法，只好趕緊找人想辦法。

鄰居林先生正好是做裝潢的，他和我研究老半天，還是無法查出究竟是哪一段水管線路出了問題，他認為一勞永逸的方法就是整間浴室重新來過。

「什麼？重新弄？」我幾乎要尖叫了，「這間浴室的浴缸是我糊的，牆壁上的石板是我貼的，要我統統敲掉，我捨不得啦！嗚！」毫無疑問地，此刻我是全世界最悲傷的浴室主人。

林先生試圖安慰我：「房子那麼老舊了，難免問題多，而且漏水的狀況特別難搞，東修西補不知道能撐多久，妳考慮看看吧！」

我還能考慮什麼呢？這是最不想做但是一定要這麼做的解決之道啊！

然而重建之前，就必須要徹底的，摧・毀。

連著好幾個晚上，我呆坐在浴室裡，愛憐地撫著沒有鋪好的石壁，黏歪了的鵝卵石，不那麼平坦的地面石板，還有老是濺出水花當初異想天開的流水層板。這間浴室沒有一處稱得上細膩，可是我愛、好愛，我的一滴血、一滴汗，磨破皮的手，撞傷的瘀青，還有一個親手打造家的夢想，都扎扎實實在這裡體現，如今一切都將消失嗎？

我想起這段日子的種種，我和小屋一起努力建立起的溫馨家園，我曾經開心地完成一項自以爲了不起的壯舉，我們的歡樂時光還不到兩年，仍沉醉在新居落成的喜悅裡面，猛地卻得要接受徹底的摧．毀，這樣是不是太殘酷了呢？

把一切都清空

約了水泥工先來勘查浴室的狀況，很像醫生來家裡爲病人看診。

打開門，出現的是一對中年夫婦。

水泥工謝先生，黑瘦精實，上半身僅穿了一件汗衫，及膝的花短褲隨風盪啊盪，他咬著口香糖，精神飽滿地和我打招呼。

謝太太，長頭髮紮起馬尾，體態豐腴壯碩，推開門，她眼睛一亮，高聲嚷著：「哎呀呀！妳家好漂亮啊！眞的眞的，嚇死人了，這麼舊的公寓竟然可以這麼漂亮……妳看這個小石頭，哎呀呀，好可愛啊！」她的嘴巴一張開好像就不打算合上了，我瞬間領教到中年婦人的大嗓門是怎麼回事。但她驚嘆的讚美頗令我醺醺然，對於自己一手打造的小屋受到賞識，當下油然興起一種「星媽」的虛榮感。

拐到浴室，謝太太高叫得更興奮了：「哇！我想起來了，我看過妳的房子耶，就在電視上……」我笑而不答，她繼續哇啦哇啦說著：「對對對，沒錯沒錯，就是這間浴室，有流水層板對不對？我記得那時候妳還說位置沒量好，所以水會濺出來……哎呀呀，好厲害啊！」

謝太太的語助詞是「哎呀呀」，而且「呀呀」兩個字會加重氣音，聽起來格外誇張。她一長段不換氣的連珠砲，像是單口相聲的精采演出，讓我噗哧笑了，也忽然放心，我想我可以將我的浴室交給謝先生、謝太太，因爲至少他們對於我的浴室並非是全然陌生的，至少電視上看過了嘛！

「咦，這浴室很好啊，爲什麼要重做？都敲掉不是很可惜嗎？」謝太太問我。

唉。因爲浴室不知道爲了什麼好傷心，一直哭、一直哭，眼淚到處亂流，流到樓下，滴滴滴滴，讓所有的人都變得好悲傷，爲了治療它的眼淚，只有出此下策……我的腦裡千迴百轉，但只簡單吐出一句回答：「因爲漏水。」

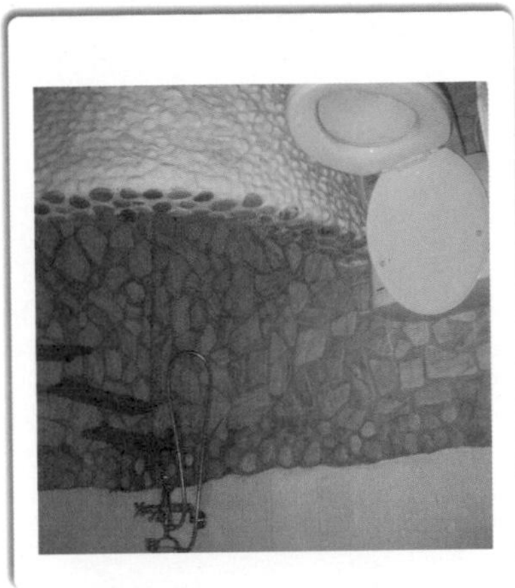

謝太太拉高了嗓音，熱情地說：「哎呀呀，漏水最麻煩了，沒關係啦！我老公會幫妳弄好啦！」

眞的？我感激地望著她，「謝謝謝謝！」一連說了好多謝，「謝太太眞是太謝謝妳了！」眞像繞口令一樣。

記錄❷

生活裡沒有如果

「在我們來開工前，妳要先把浴室的、客廳的東西都收起來喔！兩邊的房門也要關好喔。」謝太太叮嚀我。

可別以為僅僅只是一間浴室的裝修，何必大費周章連客廳都要清理。一間小小的浴室，要敲要打要運出好多泥啊、沙啊，那些灰屑土石足以讓一個晶瑩剔透的客廳瞬間變得灰頭土臉。

於是，我開始默默地收拾好不容易慢慢裝飾好的美麗空間，像是電影倒帶那樣，一步一步退回到這個屋子原始的模樣。

把窗簾拆下來，鍋碗瓢盆全部塞進櫃子裡。

客廳裡隨時給我溫暖與勇氣的耶誕樹也將收納。枴杖糖、蝴蝶結、金色珠鍊、裝飾球、螢光燈泡，一一卸下。

電視、音響不知能收去哪裡，用一層厚厚的布將它們蓋得密不通風。

書房與臥房間走道上的白色鵝卵石，當初一顆一顆洗淨曬乾，現在一顆一顆洗淨收好。

鐵絲網綁上水滴狀金珠流蘇做成的燈籠吊飾，我搬張椅子，墊踩上去，將三個燈籠取下。

大大小小高高低低圓的方的燭台，裝箱整理；桌巾、布幔、牆上的畫、一張張CD、昏黃立燈，全部堆到廚房。

最後，爲了怕染上灰塵，拿出報紙，將廚房正中央那扇拱門大洞一層一層密密封好，終於將這些充滿美好回憶的物件密封在一扇門的後面。

安靜地收拾這一切，有些什麼正在撕裂我不是很清楚。我自信浴室完工後再經過一番心力整理，小屋就會恢復美麗與活力，但是我心裡憂傷地清楚有些地方不一樣了，在經過一番摧毀與折騰之後，在體悟一次無常與分離之後，在蟄伏一次蛹期的陣痛與暗藏之後。

如果，早知道這個屋子有朝一日將歷經劫難，當初還要不要大費周章傾盡心力溺愛它？如果，早知道付出的心力最後都將付諸流水，當初還要不要付出？如果，如果……

我蹲在角落裡，開始陷入一股莫名的哀愁裡面。但很快地，我復站起身，拿著抹布準備擦洗一番。

我的心裡有著光明的答案，一股不變的勇氣。要的，要的，無論多麼短暫的擁抱，都該熱情而大力的掏空，奔奔放放毫無保留，大膽去愛，勇敢去痛。愛情如此，生命如此，生活如此，愛一間年邁的小屋也該如此。

沒有如果，永遠都沒有如果，假設性的問題不存在眞實的生活裡。生活，只能栩栩如生地活著，悲的喜的苦的樂的，扎扎實實存在，沒有如果。

趁著天亮前，我要做好準備，不管這是怎樣的摧毀與折騰，我都要陪著我的浴室勇往直前。

記錄❸

說再見的那一天

約了早上八點開工。

五點的清晨，我睜開眼睛，腦筋異常清醒地望著天花板，三點才就寢的我其實沒有熟睡。

透著一點光，從床上爬起。沒有換下睡衣，我跑去拿出相機開始拍照。這一張那一張，這個角度那個角度，這個角落那個角落。遠的近的，高的低的，開燈的關燈的。直到什麼都拍盡了，直到再想不出能拍什麼了，我放下相機，抱出房間裡大大小小的布偶，趴趴四兄弟、企鵝兄、小馬哥、粉紅熊、大獺獺、小天使……大家一一和浴室合影留念，一一和浴室輕聲送別，我的浴室就要離開我了，我不想讓它孤孤單單的遠行。

最後，再去翻出金銀色的花環，拿來一個個圓圓白白的蠟燭，將整間浴室燃起瑩瑩火光搖曳，親愛的，且讓我用燭火溫暖你最後的容顏，用愛的祝福送你遠離。

再見了，親愛的浴室，再見！

八點整。

準時地，謝先生、謝太太來了，我的工程負責人林先生到了，簡單拜過天公，大家開始動作，他們扛來幾張塑膠隔墊，一層一層鋪在地上，怕工程過程中會弄壞客廳的木質地版。

我回頭望了一眼，那個當初用磚頭砌起，親手糊上水泥的浴缸……天光照耀下，淚水迷濛了我的眼。此時，謝先生拿著榔頭進來，準備開工，敲掉整間浴室，我不敢看啊！一個轉身，逃離奔遠。

來自天涯海角的告別

浴室在歷經了長期的悲傷流淚後，

心肺衰竭，奄奄一息。

決定在2004年4月30日這一天，

讓他好好安歇。

各方好友，從天涯海角奔相前來，

無非只想再見他一面，

懇切地和他告別。

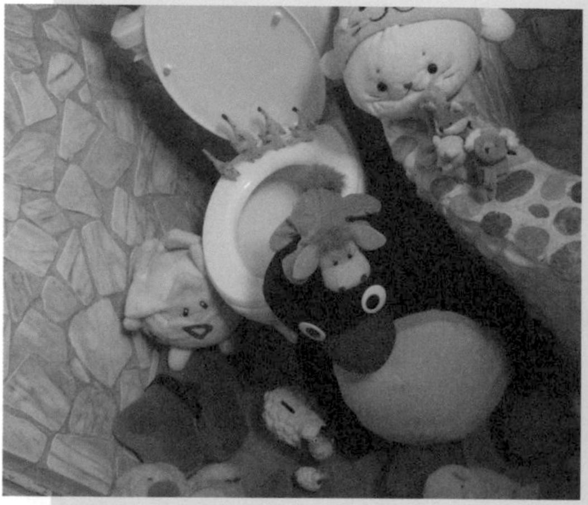

古典雅緻的水龍頭，趴趴四兄弟想

要用來沖個涼涼的澡，這個念頭盤

據在他們腦中很久了，可惜還沒有

使用過，就要說再見。

他們緊緊地擁抱著水龍頭，不敢置

信這還沒開始就要結束的緣分。

小鴨說：「這是第一次也是最後一次，和小白馬桶親親我我。」

潔白美麗的毛巾，是用來擦拭眼淚的嗎？

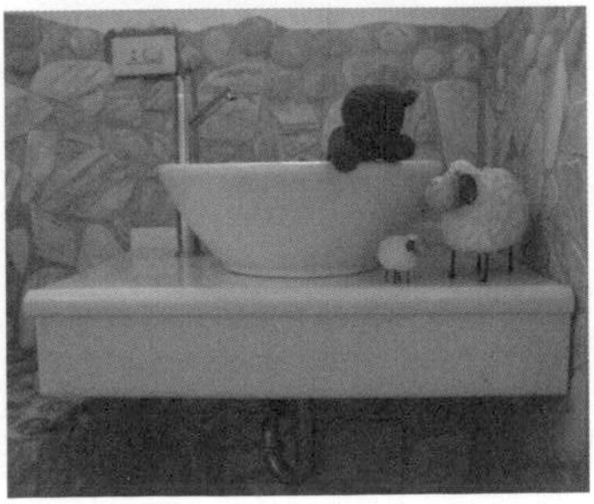

小熊安慰羊咩咩：「噓，別哭，沒什麼好難過的。說再見，就是為了要再相見。天光下，我們只有祝福，沒有淚水。」

大獺獺哀傷而喜悅地呢喃著：「親愛的浴室啊，我從千里的海域而來，不但為了你此刻的葬禮，更為了你將來的新生。」

氣喘吁吁趕到的，

是從森林飛奔而來的小馬。

小馬說：「荊棘與烈日，都無法阻擋我前來，我要送給浴室一顆勇敢的心！」

小天使翩然降臨，

神聖的光芒讓哀悽的心漸漸溫暖。

小天使說：「一朵曾經燦爛的花，不會在枯萎的時候感到遺憾。靜心期待，總有那麼一天，花兒會再綻放。」

告別的時刻，倒數計時中。

再喝一杯，再會啦！

一個、兩個、三個、四個……。

點亮的是燭火，燃燒的是祝福。

終於到了這一刻。

曾經的繁華與美好如今都將沈寂。

嘿，瑩瑩的火光中，斂起你的嘆息，

讓我們記取彼此的容顏，在記憶裡描繪仔細，

永不遺忘。

再見了，親愛的浴室，再見！

記錄4

舞舞舞，舞到神魂顛倒

榔頭敲下第一槌，是四月的最後一日。

五月的第一日，我報名加入舞蹈教室。極少運動、也未曾習舞的我，著了魔地，瘋狂投入跳舞這件事。

同學中有許多原本就是科班的學生，姿態、節奏、韻律感完全無可挑剔。同學裡面也有許多年長的婆婆媽媽，但是隨便一位阿嬸、阿婆的體態都比我優美柔軟。我好像是一隻醜小鴨，誤闖了天鵝的國度，一舉手一投足都是驚慌失措。

芭蕾老師是香港人，他帶點廣東腔口音教導著：「雙手先擺在二位，一個跳躍之後回到五位手……」

同學們默契十足，音樂一響起，紛紛開始躍動。

只有我，二位手？五位手？

我瞪大眼睛，那是什麼術語？我聽不懂……

「聽不懂沒關係，跟著跳就好了。」我猜老師讀出了我的惶恐，因為他的眼神意味深長地朝我這裡望。

Hip-Hop課。

一位白皙修長的年輕女老師，頂著一頭蓬鬆鬈髮，穿著寬寬垮垮的褲子，耳朵上垂掛大圓弧狀銀色耳環。

熱門流行音樂開得震天價響，同學們好像個個練了軟骨功，劈拉彎跳都不成問題，我笨手笨腳地夾在裡面，活像一具僵硬的機器人。

跳到一半，老師在「砰砰砰」的鼓聲裡咆哮般地下了指令，「一、二、三，滾！」猛地所有的同學在地上翻滾起來，見這陣仗，我愣了一下，也趕緊彎腰滾下去。整堂課，一會翻，一會滾，一會跪。下課的時候，我看見膝蓋上多出好大一塊深紫色的瘀青，很是嚇人。

Salsa課。

風情萬種的拉丁音樂在我耳邊迴旋。Salsa、莎莎，是酸甜又辛辣的醬汁，是融合了頌樂、倫巴、曼波的性感熱情舞步。我自認「感性」，但離「性感」很遠，學著在Salsa舞裡面釋放魅力，眞是害羞到不行。

老師說，練Salsa首先要把身體拆解，上半身重心要穩，然後試著隨意扭動腰際臀部。還有，基本舞步一定要熟練，八拍、六拍，可別自亂了陣腳。

我努力地扭腰擺臀，結果腰腹部的肌肉痠痛不已，這樣我有比較性感了嗎？呆望著老師像蛇一樣的身軀，柔軟嬌媚，我忍不住冷汗涔涔。

每天早上，舞蹈教室裡總有我的身影，但我跳得差極了，肢體不協調、毫無節奏感。不過沒關係的，我安慰自己，我並不是眞的要學會，我只想跳、讓我跳，讓我勞動我的四肢百骸，讓我筋疲力竭，讓我身體累極了，知覺都麻痺了，暫時可以忘了我的浴室正在經歷一場暴動，我的生活正在進入一種躁動，我的後青春期籠罩在一股惶惶不安的盲動裡面。

每天下午，我在報社，處理著各式各樣的稿件，接待來來去去交談溝通的作者、繪者，討論一個又一個的版面視覺還有一篇又一篇的企畫採訪。我的身體疲倦但是目光炯炯，我應該是要累癱了，偏偏體內尚有一股未完的精力還在蠢動。難不成我竟是一枚過動兒嗎？

每天晚上，我奔回家看看我的小屋，看著浴室一點一滴被刨光、鑿空，到最後開膛剖肚，五臟六腑全都赤裸裸地攤在眼前。一間小小的浴室，敲出來的水泥塊用大布袋填裝運棄，竟然足足可以裝滿三十八袋。原本天堂一般的小屋，現在舉目所及皆是塵埃，拆卸下來的馬桶堆在原本清亮的小院子，屋內四處還有桶裝的水泥、磚石、洗臉台、師傅帶來的怪奇工具、喝完的紙杯、壓扁的保特瓶……唉，這裡是一片廢墟，我的心是一片荒蕪。

每天深夜，我腰痠背痛、不良於行，長年不動的筋骨哪經禁得起突如其來的高運動量，我整夜不能翻身，一動就痛，脊椎完全僵硬。再加上，我沒床可睡了，天天蜷在沙發上，如何調整都沒辦法弄出一個舒服的姿勢，我的睡眠一夜比一夜更淺短，黑夜和白天對我來說都沒什麼差別，城裡的人是如何日出而作日落而息與我無關，反正我一個人處於永晝的狀態。

人有靈魂，屋有屋魂，我與小屋交心如此，當它承受著苦難的時候，我的身心靈亦不得安寧，我感覺我正與我的浴室在經歷一場陣痛，我們攜手前行在黑暗陰冷的寒冬幽谷，目前仍是一片昏天暗地，還沒有看見彷彿若有光的洞口。

記錄5

浴缸，一定要！

「妳一定要浴缸嗎？」林先生已經不知道第幾次問我了。

「一定要！」我也不知道第幾次斬釘截鐵地回答他了。

人家說東北三寶是人參、貂皮、烏拉草，桂林三寶是辣椒、腐乳、三花酒，那浴室三寶不就是馬桶、浴缸、洗手台？別的三寶我都可以不要，獨獨浴室三寶我可是一寶都不能缺少。

浴缸這玩意，我不知道別人是如何看待，也許在現代講求效率的社會裡，淋浴間是最方便、省事、省空間的配備，但是浴缸對於愛泡澡的我來說，真是太重要了！

「但是妳的浴室實在太小了，怎麼問都問不到合適的浴缸。」林先生傷腦筋地說。

「我知道，第一次裝修浴室的時候也有同樣麻煩。」我歪著頭回答。

我的浴室很小，只有一坪多，這樣小的浴室是不適合塞進一個浴缸的，最小的浴缸，長方形的，長度也有九十公分，如果硬塞進去，那浴室就沒地方放馬桶了。

但是無所謂，我本來也就不打算置放一個太過文明的浴缸，這也就是第一次裝修時我堅持用水泥糊的原因。我記得小時候的古老浴缸都是磚砌的，裡面還佈滿圓形的馬賽克，那樣的浴缸有人工的質樸感，一想到就幽然神往。所以，即使敲掉重新來過，我還是鍾情那樣擁有光陰味道的人工水泥浴缸。

動力火車把忠孝東路走九遍，我們也把金山南路走九遍，現在來到一間質量都不錯的建材行，爲著浴室的大小磁磚發愁。材質和顏色的搭配，還有浴室本身燈光照射之後的感覺，很難精準拿捏，不過我還是憑著想像決定了地磚、壁磚：深橘土色搭配淺金駝色；還有，水泥浴缸外側是色彩隨意的小理石，內側則用同樣駝色系的光面馬賽克才不會刮傷皮膚。

選好所有的磁磚後，心裡安定不少，每一塊磚都很美，全部湊在一起應該不會差到哪裡去，雖然都是進口磚，貴了一些些，但是浴室是要用長長久久的，選自己喜歡的才不會後悔啊！這時也才慶幸自己的浴室小，貼不了幾片磚，不然，荷包就重傷了。

回到家，看看我的浴室工程，如今才到管線的試水階段，之後還要鋪上水泥、等水泥乾、糊浴缸、上防水漆、試水幾次、貼磚、油漆……真是一條漫漫長路。

記錄❻

五塊錢的鼓勵

幾日過去，跳舞依然、上班依然、痠痛依然、失眠依然，新加入的狀況是，我竟然發燒了！說來可笑，發燒的原因是智齒發炎，這顆智齒也不知道是哪個混世魔王投胎轉世的，發起癲來毫不留情，我的左邊臉開始有點浮腫，講話口齒不清，因爲發炎導致的發燒讓我頭昏腦脹。

「妳去看醫生嘛！」水泥工謝先生在某天早上發現我腫脹的臉頰。

「我不敢啦！」我怕死那些儀器在嘴裡亂竄。

「怕什麼，又不是小孩子了，像我就天不怕地不怕！」謝先生拍著胸脯，得意洋洋。

「哎呀呀，老公你可不要只會說大話喔！」謝太太不知道打哪兒冒了出來，重重拍擊謝先生的頭，她說：「上個月誰牙痛到半夜還爬起來唉唉叫！笑死人了。」

謝太太朝著我，張牙舞爪地說：「我跟妳講，他啊，膽子超小的，一點點痛就唉得半死！秀皮啦！」

被自己老婆這樣吐槽，謝先生滿不好意思的，他張開嘴巴露出一口亂齒對我招供，「妳看！其實我的牙齒很糟糕啦！」我一瞥，嗯，的確滿糟的，蛀牙不少，黑黑黃黃，還有一顆歪得很明顯的虎牙。

「我也不敢去看牙醫，所以就越來越糟糕了，哈。如果妳不想像我一樣，還是趕快去看吧！」謝先生說得繪聲繪影。

喔，這眞是一個恐怖訴求的教材，但是，不可否認，非常有用，因爲隔天我終於鼓起勇氣，雙腳微微發抖地探頭站在診所前面。

猶豫半晌，帶著必死的決心與勇氣，一把推開門，昂首闊步走進了診所；但是這股氣勢一聽到唧唧歪叫的鑽子聲音，當下整個人又焦慮了起來。

醫生是個和藹的中年女士，她仔細查看我的口腔，帶我去照了兩張X光片，整個過程都在笑，她說她覺得我緊張的樣子充滿喜感。

「發炎很多天了吧？」她親切地問我。

「是啊！」

「妳眞能忍耶，發炎得這麼嚴重，應該很痛吧？」

「是啊，怎麼辦？嗚……」

「妳現在的狀況是上面有一顆智齒，可是下面沒有對應的牙，上面的智齒一直戳到下面的肉，就會一直發炎喔！我的建議是拔掉比較好。」

「嗚，我不要拔牙啦！」

「怕痛啊？」

「嗯……」我不好意思地點點頭。

醫生笑了出來，她強調：「拔牙再痛也絕對不會比妳現在痛……」

「啊！是嗎？」我半信半疑。

「我看妳就趁著過兩天週末的時候來拔牙吧！放假時候的心情總是好一點。」

「我……」我的手心不斷冒汗，「我想……我回去再考慮一下好了……」

「別緊張，其實妳敢走進來已經很勇敢囉！」

醫生的微笑好溫柔啊，她這樣鼓勵我，我是不是該拔齒相報呢？不過，一想到她說要拔掉上面的智齒，還要剪掉下面的一塊肉，我的腿都軟了。離開診所的時候，心情還是無限黑暗。

搭上計程車，哀傷的我忽然問司機：「司機，請問你拔過牙齒沒有？」

「什麼？」司機一臉莫名其妙。

「我說請問你拔過牙齒沒有？」

「喔，拔牙喔！」看來司機頗有心得想要分享，他的表情瞬間興奮了起來，開始滔滔不絕：「有啊，我有拔過牙，我跟妳說，拔牙要麻醉，我之前拔過兩顆大牙，那個醫生……（以下省略五分鐘拔牙慘烈經驗談）。」

司機吞了一下口水，繼續說：「妳不要怕啦，我女兒今年十歲，正在做牙齒矯正，也拔了好多牙齒，她都很勇敢耶！一個人去都不用我陪喔！其實拔牙沒那麼可怕啦！而且，妳是智齒發炎，智齒是一定要拔的啦！沒辦法的啦！」

司機雖然叨叨碎碎，但他的熱情鼓舞讓我感動非常。

我要去的目的地到了，車資表上顯示著205元。

不過，司機用父親一般慈愛的眼神望著我，然後只收我兩百元，他親切地說：

「五塊錢給妳當拔牙的鼓勵喔！」

啊！眞是一位好司機啊！但我還沒有決定要不要去拔牙啊！就這樣被鼓勵了五塊錢，眞的是非常不好意思呢！

「記得要勇敢走進去拔牙喔！」臨下車前，他又叮嚀一次，還跟我比了一個勝利的手勢，我昂首一笑，內心忽然澎湃了起來，一顆牙齒算什麼！我可是被五塊錢獎勵過的勇敢女生喔！如果現在就走進診所，拔掉一整排牙齒也不怕吧！

但，最後我還是沒有去拔牙，發炎好了以後，我就把牙痛這件事完全拋到九霄雲外，而我的浴室，已經進行到可以貼磁磚的進度啦！

「妳的手那麼嫩，看起來弱不禁風，眞的可以嗎？」謝先生狐疑地打量我，他正窩在磚塊砌成半成品的浴缸裡面。而我，剛剛請求著：「可不可以讓我幫忙糊浴缸呢？」

會這麼問，一方面我尊重這是謝先生工作的場域，如果我想插手，當然要問過他；另一方面，我眞的想再度胼手胝足參與浴室的誕生。

謝先生對我的質疑是正常的，不過他不知道，我雖然不是專業師傅，但是可絕對擁有專業的認眞喲！如果說業餘畫家叫做素人畫家，那麼我向來十分樂於當一個素人水泥工、素人油漆工、素人木匠、素人廚師，我的素人精神就是——即使不是出身專業，也要有專業的認眞；做不出大師級的水準，也要有「薇式風格」的展現。

至今讓我津津樂道的「巨作」（無法用「鉅作」，因爲它並不偉大，不過體積可真是不小），是我親手用鐵鎚一槌一槌釘出來的衣櫃、書櫃和書桌。時光倒退久遠以前，大學畢業那一年，基於經濟上的考量，我決定自己動手製作家具。

我要一個書桌，只需簡單的四支腳，但要有一個很長很廣的桌面。

我要一個書櫃，層板可以上下移動，矮一點的書好擺放，高一點的書也能容身。

我要一個衣櫃，最好分三個區塊，右邊的可以容納長大衣，中間的分上下兩部分，上面可以吊擺裙褲，下面可以疊放上衣及雜物；左邊的設計成層板狀，可以隨意調整空間收納。

當時我在筆記本上畫了好幾頁草圖，仔細丈量尺寸大小、計算需要的木板數量，然後直接殺到木材行去裁切木材。木材行的老闆是個笑容可掬的中年人，當他聽見我要親手完成這些家具，先是驚訝地呆愣了幾秒，隨後眼眶裡閃爍著漫畫人物一般的光芒，感動且感慨地對我說：「現在這個時代，已經沒有這種年輕人啦！

妳！不錯，眞不錯！」然後老闆十分夠義氣，免費將一卡車木料運送到我家。

看見滿滿的木材堆積在客廳，像小山丘一樣高，我的頭皮頓時開始發麻，心中隱隱有不妙的預感。當初只是在筆記本上輕描淡寫地塗塗畫畫，我從來沒想過白紙上的幾條鉛筆線，變成實體竟然會那麼沉重、那麼巨大！光是一片高兩百公分、寬六十公分、厚兩公分的木板，我就已經無法扶起，而客廳裡面堆著滿滿數十片大小木板，還有側柱、橫幹、木條……看得我背脊發涼。但是事已至此，眞是沒有回頭的餘地，所以我硬著頭皮都得把它完成。

接下來，每天早上八點，我準時上工，一直忙到晚上九、十點才收工。每一片木板都要打磨，先是粗砂紙，後是細砂紙，然後還要精準測量、要用電鑽鑽洞、要組裝釘合……每一個步驟都馬虎不得。

從早上的晨光到夜晚的燈光，我望著自己孤單的身影隨著時序投影在壁面上，靜閉孤獨的勞動，似乎是一場自我修練的過程，每一滴汗都是一個前行的禮成。身影那麼孤單，也那麼堅毅，我沉浸在其中，內心無限喜悅。

很快地，幼嫩的雙手磨出水泡、長起粗繭，不過我不以爲意。很快地，手肘、膝蓋碰撞出深淺瘀青，不過我視而不見。整整一個月後，我有了完全量身訂做的書桌及書櫃，我的衣櫃還是三合一的，可以分開也可以組合。雖然只是這樣粗略的作品，但是工程結束那一日，我還是激動得幾乎要落淚，呈現一種興奮到要抽筋的狀態。

隔年，研究所的助教風聞這件事情，大腹便便的她還熱切地希望我能爲寶寶釘製一個搖籃呢！

雖然是陳年往事，但想起來還是頗有一點驕傲呢！

親愛的謝先生，站在你面前的可不是區區一介弱女子喔，甜美而強壯的靈魂是老天爺賜給我最大的禮物呢！

記錄 8

尋尋覓覓，尋找大寶

斷斷續續，工程進行了二十多天，我也搞不懂，僅是一個一坪大的浴室，整修起來竟然要耗去這麼久的時間。

「我另一個工地的大房子都蓋好了，妳一間小小的浴室竟然還沒弄好！」謝先生打趣地說。

「是啊，一會兒整修水管、一會兒做防水，還要等塗料風乾……唏哩呼嚕竟然就拖了這麼久，早知道這麼麻煩就不弄啦！現在整個房子亂得像被一百顆原子彈炸過……」我也挺懊惱的。

「嗯，沒關係啦，慢慢來，弄成自己喜歡的樣子，等弄好了就會很開心啦。不過，妳的馬桶找到了嗎？」

對喔！最重要的馬桶還沒決定呢！當初爲了節省經費，洗手台、馬桶都要沿用原來的，但是拆卸馬桶的時候，工人不小心把馬桶弄破了，所以我只有另外再找一個新的馬桶了。馬桶可說是浴室三寶中的大寶，重要得不得了，我只有認眞去尋找。

浴室很小，可容納的位置不大，所以只能找小巧的馬桶。馬桶這玩意，如果只要求功能性，其實兩千元就可以打發了，我的預算也只訂在兩千元左右，但是一旦眞的逛起來，總是會看到一個又一個令自己眼睛發光度倍增的商品，然後心裡面一次又一次不斷地被誘惑、被挑戰。

「反正馬桶是要用很久很久的……」再多控制預算的堅強理性，總是輕易地被這一個念頭擊潰。「反正馬桶是要用很久很久的」彷若一句魔咒，緊緊擄掠我，讓我的心魂都被迷惑了。

於是，原本只打算在大賣場買一個兩千元的白色簡單馬桶，逛一逛，發現只要加個一千塊錢，就可以買到一個表面釉色更亮麗的等級，「反正馬桶是要用很久很久的」，我為什麼不多花一千塊呢？

再逛一逛，哇，多砸個三千塊，不但釉色美，連視覺設計都不一樣了，看起來有質感多了，「反正馬桶是要用很久很久的」，就算多花個三千塊又如何？

再逛一逛，不得了了，眼前這款水嫩細緻的商品，真的是馬桶嗎？訂價八千七，是貴了那麼點，不過，「反正馬桶是要用很久很久的」，值得值得！

到最後，我相中的馬桶堪稱浴室中的極品、大寶中的大寶，表面甚至經過奈米科技處理，要價一萬兩千元！

大寶啊大寶，眾裡尋他千百度，原來就在鈔票堆積處。

我在衛浴設備展示處猶豫再猶豫、考慮再考慮，還在公共場合公開試坐馬桶好幾回，又摸又按、又比劃又深思，磨磨蹭蹭老半天，想到萬來元的價格就很難下決定。

明明兩千元就可以搞定的，為什麼一定要花上一萬兩千元，足足多了六倍！這讓一心想要控制預算的我，忍不住洩氣了起來。

「我為什麼一定要一個精緻的馬桶呢？」沮喪的我問自己。

「因為妳把浴室的每一個角落都仔細打點了，馬桶當然也不可例外啊！整間浴室都美美的，浴室會感激妳的。」自己又安慰自己。

好吧！不管了，牙一咬，就買了吧！反正馬桶是要用很久很久的嘛！

記錄❾

水珠飛躍的牆與白雲飄過的門

浴室差不多完工了，謝先生、謝太太也要撤場了，別的工地還在等他們呢！

「謝先生、謝太太，謝謝你們這陣子的幫忙。」我開心地道謝著。

「哎呀呀，別客氣啦！以後妳上廁所的時候要想起我們喔！」謝太太的道別眞是經典啊！

謝先生拎著水桶，笑著：「別客氣啦！房子整理好記得要去拔牙喔！」

汗顏，謝先生還替我操心牙疼這件事呢！

我對他們二位十分感激，本來想把浴室的「啓用大典」交予他們完成，但這樣的邀約似乎太過唐突，我只有報以燦爛的微笑，對著他們的大卡車用力揮手道再見。

接下來，還有收尾的事情要解決哩！現在壁面的中間用小理石鋪陳爲波浪的形狀，爲了加強這種流動感，我在大賣場買了琥珀色的透明玻璃珠，打算用玻璃珠妝點成起伏的海波，像是清透的水珠從海面躍出，閃亮圓潤好不活潑。

我拿著蠟筆，先在白色牆面上約略勾勒出一個想要的輪廓，試了好幾次，不甚滿意。因爲一貼上去就無法重來，所以格外愼重。連著幾晚都坐在浴室裡，望著四周環境想像波紋該如何捲起與終止，對著一面白牆，好似閱讀一本無字天書，參不出一點道理來，無法拿捏怎樣才是最美最好的圖案。最後只有告訴自己放輕鬆，反正前無古人後無來者，當下覺得美就是皆大歡喜啦！

當整間浴室呈現一種前所未有的夢幻感，那麼入口這扇老舊的塑膠門就顯得格格不入了。

「都已經弄成這樣了，乾脆連門也換了吧！」鄰居林先生誠懇地建議。

我雖然同意，但是這間浴室的工程費用已經遠遠超過我原初的預算，眞有一種無語問蒼天的心痛感。

不過，我向來是這樣的，要搏就搏大的！於是，小鼻子小眼睛的我並沒有存在太久，很快地我就決定一個全新的門的樣式：雪白外框、金色門把，中間鑲以透明玻璃，但玻璃中間包夾一層棉紙，當光線透過時，棉絮自然柔和，看起來好像有白雲飄過，頗富悠然閒情。

這扇白雲飄飄門，當然又是額外的花費，我只能安慰自己：怕什麼，反正門也是要用很久很久的嘛！

地板鋪上一塊塊保護墊。

01

整間房子包得密不透風。

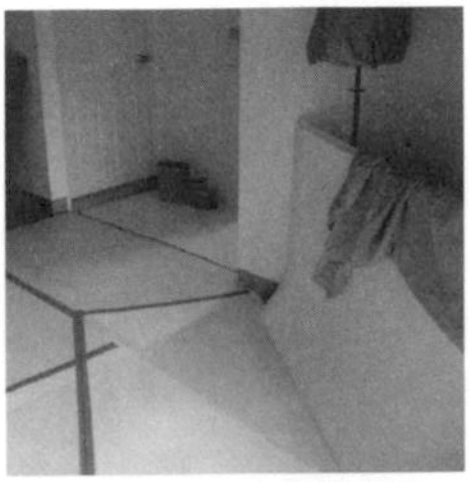

02

電鑽毫不留情，
將我親手貼的地磚鑿破。

03

第一槌敲落，
我的心也跟著碎了。

04

才一坪的浴室，
竟然清理出三十八袋土石。

05

整間浴室赤裸裸的模樣，
五臟六腑都清清楚楚。

06

接下頁

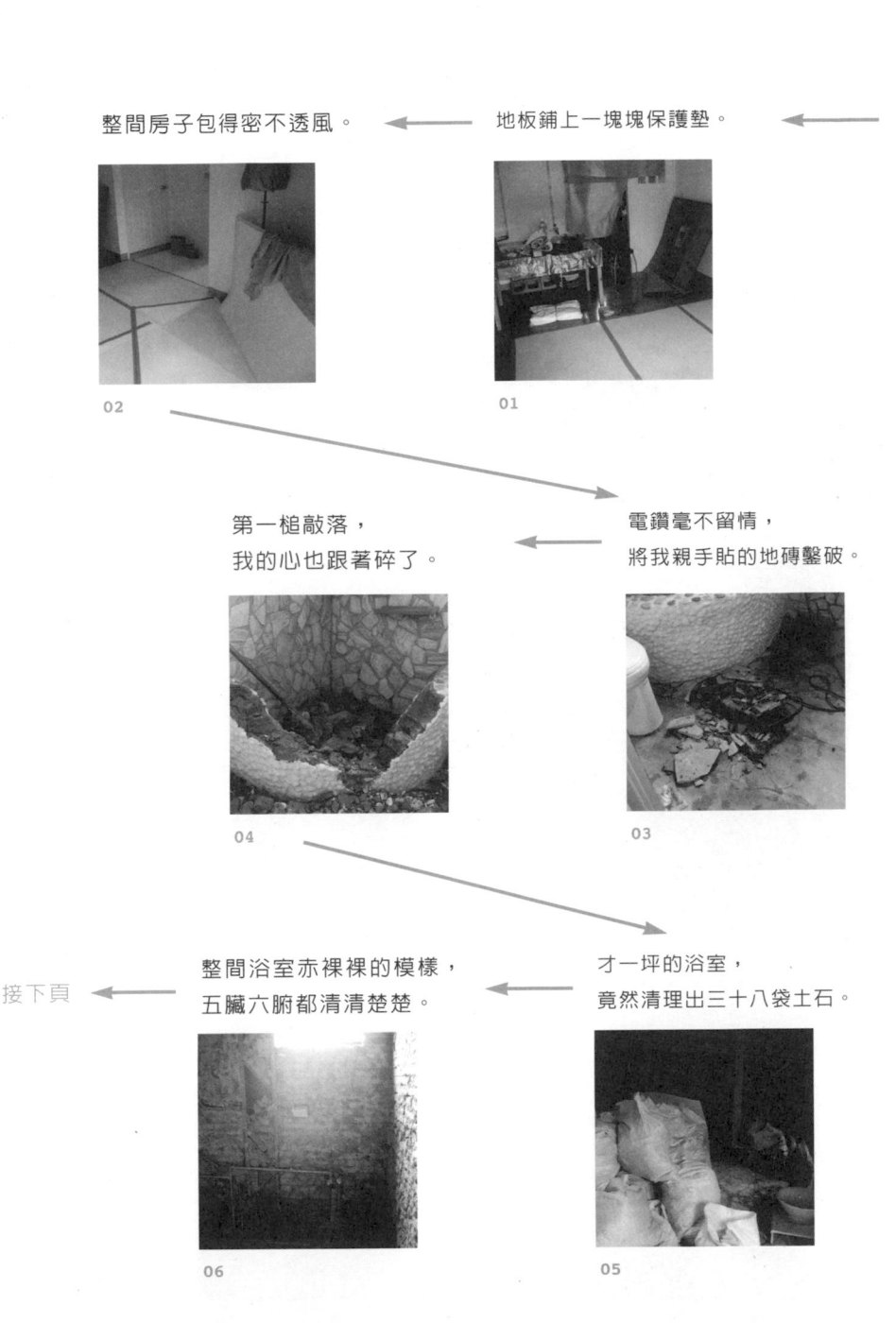

剛糊好水泥的浴缸。

07

房子亂得像原子彈轟炸過。

08

完成圖

歡迎光臨世上最迷人的浴室！

浴缸內部採用
駝色系馬賽克。

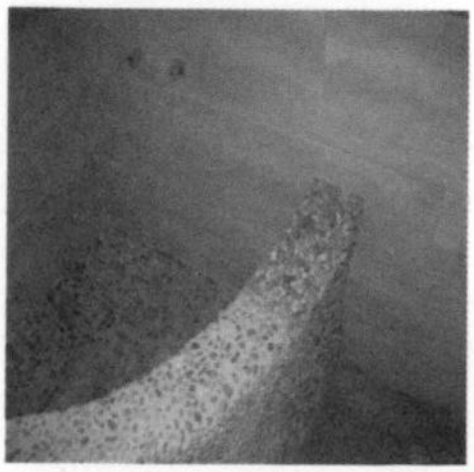

15

要油漆前先蓋上膠布保護。

16

壁面上半部的油漆
還加工了不規則突起物。

17

洗臉盆被卸下，滿佈灰塵。

09

畫在牆面上的波紋。

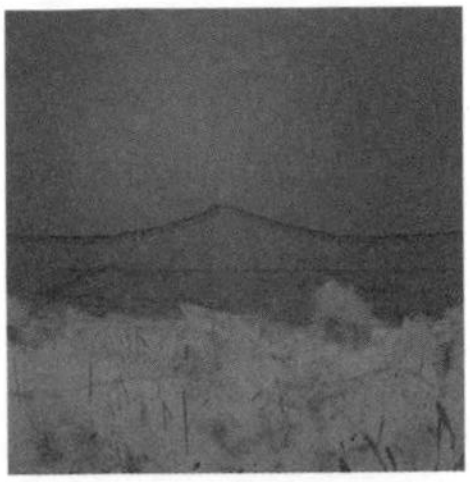

10

我也來做素人水泥工。

11

剛鋪好的壁磚。

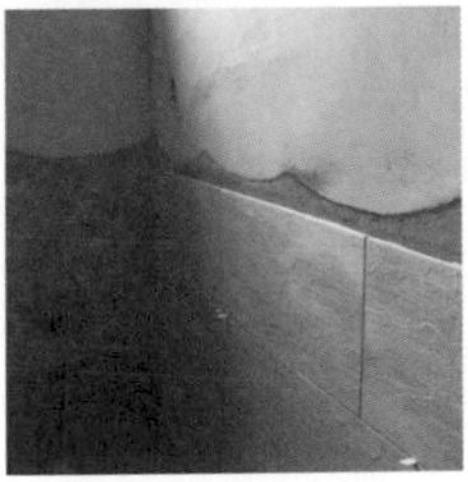

12

浴缸的小理石慢慢黏上去。

13

壁磚上面的波浪紋
也完成了。

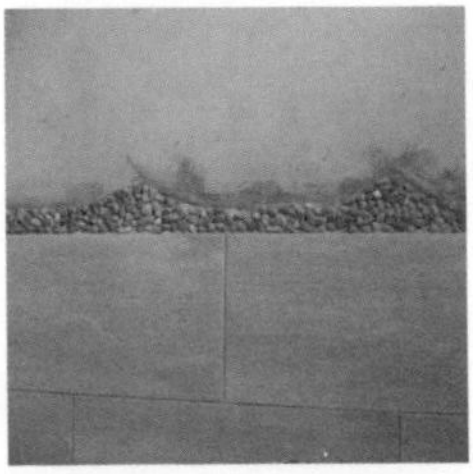

14

大寶馬桶白嫩可愛。

記錄⑩

浴室重生趴踢

浴室完工後，因爲整間小屋已經凌亂不堪，乾脆一鼓作氣，花了一番精力，把庭院、屋內的白石子全部換新，並且在客廳與浴室的走道中間設計一款從天垂地的繡花紗簾。另外，臥房的窗簾也一併換上新花色，白底的碎花紋布充滿春天的氣息，彷彿可以聞到花香從吹過窗簾的風透出來呢！

大費周章這一番，荷包也空了，光這間小屋，第一次的裝潢還有這一次的浴室重建工程，讓我處於一種又疲累又興奮又拮据的極致狀態。人處於一種極致的境界之後都會怪怪的，此時的我，體力透支，荷包透支，人果然也瘋瘋地不太正常了。

我準備不惜斥資重金，熱鬧舉辦一場「浴室重生趴踢」和朋友分享喜悅，邀請函的第一句話就是：「誠摯邀請你來我家上廁所……」

趴踢當日就在大門入口處置放一個奉獻箱，各位親朋好友走過路過千萬別錯過，愛心奉獻箱，一元不嫌少、一千不怕多。

進了客廳，居心不良猛灌親友飲料，咖啡、汽水、水果茶、雞尾酒，統統無限暢飲，愛怎麼喝就怎麼喝。一陣乾杯之後，巧妙拐到廁所參觀，來來來，全新裝潢、歡迎試用，一人一次收費五元，慢慢累積、不無小補……

哈！自己胡思亂想一陣，咯咯亂笑老半天。

回頭望望這間僅有一坪多的浴室，目前堪稱小屋裡面最昂貴的角落，我願意吃喝拉撒都在裡面度過，朝起觀日出，夜垂賞星光。

我的浴室回到了我身邊，我觀望它的眼神充滿了濃得化不開的愛意。

五月，我和我的浴室，攜手前行在黑暗陰冷的寒冬幽谷，終於走出了昏天暗地，看見彷彿若有光的洞口。

豁然開朗的甜美春天，正在前方飄落著繽紛花朵，呼喚著我們。

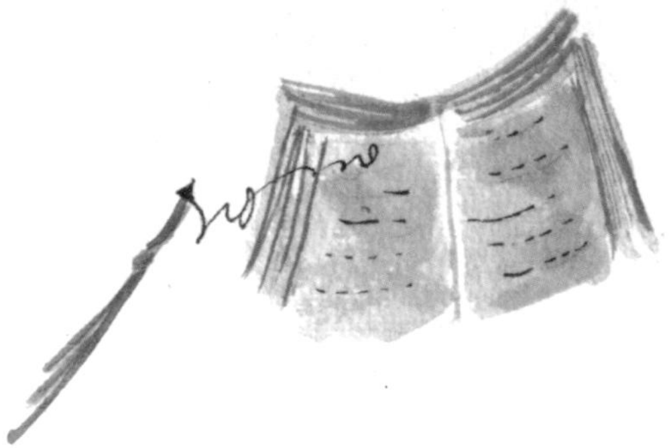

Part 04

窩在一起——

今晚大家來Party

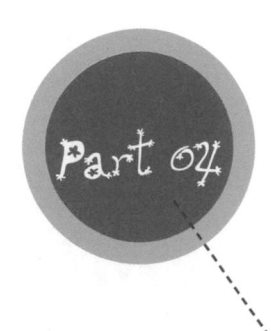

耶誕之光

耶誕節，於我，有一種迷眩的魔力。

歡樂的旋律、美妙的詩歌。

雪花柔白飄飛，空氣清新滿盈，希望與愛在天空盤旋，城市被施了法，奇幻的咒語晶亮散灑，頓時成了一座歡喜城。

這個時節，總有一種恍惚的錯覺，彷彿只要相信，就會萬事美好，世界和平，黑夜不來狂風不吹暴雨不下，孤單與憂傷永消弭，喜悅與安詳永存在。

耶誕節溫馨氣味非常濃厚的一部電影，是「Love actually」。片中鋪陳幾個各自獨自發展又互相牽連的故事，相同點是每一個故事皆發生在耶誕節前五個星期，故事的主角心中都藏著一個疑惑，不約而同在耶誕節那一天找到解答與釋懷。

所有疑問的答案只有一個字：Love。

而答案在片頭早已揭示，Love is actually all around。

去相信愛的無所不在。

去相信希望不曾遠離，去相信美好不曾消失，去相信單純與善良永遠存在。

相不相信耶誕老人，只是一個純真度的測試。

掛在床頭的毛襪，恰恰是通往純眞的密道。

我不掛毛襪了，但是我的客廳裡擺放著裝飾華麗的耶誕樹。

掛上圓潤的珠光球、可愛的枴杖糖、浪漫的蝴蝶結、光潔的緞帶、歡唱的鈴鐺，再將金黃色粲然的燈泡纏繞在樹枝綠葉裡，開啓開關，透出一明一滅的閃爍光輝，耶誕暖光洋溢在小屋裡。

每一個吊飾，就像是這一年裡的每一個心事，在年末的時候仔仔細細、坦坦然然懸掛在耶誕樹上，無論是怎樣悲傷的心事，只要當燈光燃起的瞬間，都可以被耶誕燈火暖洋洋的包圍著。

噓，別哭，別說話，清冷的被溫暖，憂傷的被撫平，孤單的被擁抱，這就是耶誕之光的意義吧！

而我，好樂意用這樣的暖光擁抱我的朋友。

於是一場場耶誕聚會在小屋裡上演，耗盡數日的時間準備菜餚，刻意營造佈置場地氣氛，小小的客廳裡塞滿很多朋友，果然發揮了「寒冬中相互取暖」的寓意。被邀請來的朋友，每個人帶一份小禮物來交換，你不知道你將會抽到什麼人準備的什麼禮物，但是你相信這一份禮物藏著不知名的祝福，於是你都將欣喜悅納。

其中一場耶誕聚會，意外地讓兩位各自孤單很久的朋友，邂逅了共度一生的伴侶，兩人默默地談起戀愛，過了好久才害羞地讓我知道，這樣始料未及的幸福，讓我成了耶誕媒人。

所以說，人生始料未及的悲傷很多，始料未及的幸福也不少，去相信，幸福就會降臨。

而當深夜來臨，朋友散去，萬籟俱寂，我獨自承受著歡聚與別離，耶誕樹粲然的燈火還在星星點點閃爍著，欣慰而又惆悵，繽紛而又孤寂。這樣歡愉的感傷，感傷的歡愉，讓夜晚更加迷人，惹人心醉。

此刻，小屋裡這一棵比我還高的耶誕樹，仍舊靜靜佇立在客廳一角，我在每一個悲傷的時候，燃起耶誕樹的燈火，告訴自己，去相信，Love is actually all around。

耶誕之光會爲我提燈，照亮前方黑暗的路。

但願耶誕之光也爲你提燈，幽徑與荒漠，都有光亮同行。

新郵件

檔案(F) 編輯(E) 檢視(V) 插入(I) 格式(O) 工具(T) 郵件(M) 說明(H)

傳送 剪下 複製 貼上 復原 檢查 拼字檢查 附加檔案

寄件者: 薇薇

日期: 耶誕前夕

主旨: **史上最冗長之耶誕趴踢邀請函**

收件者: 親愛的大家

萬眾矚目之年度盛事『薇家耶誕趴踢』又來囉！

今年薇薇忙碌些，身體常有小狀況，原本已經打算含淚放棄趴踢，可是熬不住各界殷殷期盼，還是決定ㄉㄧㄠˊ下去，一口氣連著25、26兩日狂歡趴踢，大家一起high翻天。兩日邀請函寫在一起，請各位按照步驟選擇性閱讀。

◆ 步驟一：薇薇首先統一報告今年趴踢狀況：

各界詢問度：100%

熱情參與度：100%

千呼萬喚指數：★★★★★

耶誕夢幻指數：★★★★★

民調支持指數：狂飆，居高不下

◆ 步驟二：請認清各自的參加組別

12／25（六），各行各業百花齊放樂不可支組

12／26（日），藝文好友嘻嘻哈哈對酒當歌組

咦？不清楚自己在哪一組嗎？

還不趕快拿起手機問！

◆ 步驟三：參加12／25（六）的請看這裡，
12／26（日）的請直接前往步驟四

・要準備一份約莫兩、三百元的禮物來交換（禮物金額無上限，若有好心人願意提供洋房一幢、轎車一輛，相信更能掀起趴踢高潮）

・歡迎分享有趣故事（好比新一代碎脂機之使用心得報告）、旅遊的照片（好比去了聖多美普林西比）、新學的技藝（好比練瑜珈能把腳扭放在頭上）、近期的創作（我可以朗讀我新書的詩文嗎？哈）……

・已經有人要分享雅典奧運參與紀實錄（瑤琪）、電影拍攝甘苦談（沖天）、西班牙法國學畫經驗談（美切）、流淚廁所歷經滄桑之重生故事（我啦）。另外，關關要告訴我們機車遊俠或浮潛或花蓮探勘心得嗎？還有Allen的網路購物妙談？香凝有髮型連鎖店內幕嗎？剛開中醫診所的心欣，暫且不請妳把脈了。有人要帶影片或音樂來放嗎？非常歡迎！

◆ 步驟四：參加12／26（日）的請看這裡，
12／25（六）的別偷看囉！

・ㄟ……反正大家都認識，好像沒什麼好交代的。

‧各位大哥大姊的光臨，薇妹相當感恩，大概只能壓榨史萊姆了，史先生，帶台LOMO機來玩吧！

‧炒熱氣氛的事情，我想有8P在，應該不成問題。

‧鳳儀，不醉不歸喔。弘一，這一次鑰匙要記得收好。

‧美紅是特別從台南上來的喔，要給妳鼓鼓掌。愛妳！啵～

◆ 步驟五：要不要帶食物呢？

關於大家要不要帶食物來的問題，請隨意自在，方便帶食物就帶，不方便的請帶胃囊來就好。

基本上，薇薇今年恐怕沒時間準備撐壞大家的超級滿漢全席，沒有大宴只有小酌，歹勢啦！

‧以下是預想菜單：

新學會之泰式酸甜涼拌海鮮

歡樂百分百之可口可樂雞

每次必有之無敵烤金針菇

淡雅爽口之熱呼呼關東煮

怎麼那麼新鮮之什錦時蔬

一定不可少之南瓜玉米濃湯

這一次絕不燒焦之芋香西米露

薇薇媽熱情贊助之什麼東西我還不知道

功力不夠，很抱歉只能從外面買來之醉雞、燒鴨

· 其他已經認領要帶東西的如：

璽穠請帶上次48趴踢的蘆筍沙拉或是義大利麵（12／25）

史萊姆要帶酒（12／26）

書良帶烤鴨三吃（12／25）

惠菁請帶水果或是馬鈴薯沙拉好嗎？（12／26）

沖天帶山地小米酒（12／25）

◆ 步驟六：

統一補充：開心入場，隨意吃喝；

愛躺就躺，愛醉就醉；想哭就哭，想笑就笑

◆ 步驟七：

· 入場時間：星光燦爛燈火輝煌的夜

◆ 步驟八：

附上薇家地圖一張

請盡量不要開車，停車太難了

◆ 步驟九：

其實已經寫完了，但是號稱史上最冗長，那是不是該繼續寫下去呢？有什麼沒寫到的嗎？大家有耐心看完嗎？…………………（以下省略一萬五千六百七十八字）…………………會有人想跳組或跨組嗎？其實我很歡迎大家跨組都參加啦，但是我家那麼小……會不會大家沒話說呢？場子冷了怎麼辦？算了，想這麼多幹嘛，人生不就是冷冷熱熱？不過就是一場暖冬趴踢咩，大家歡聚一堂互相取暖咩…………………（以下省略三萬兩千八百字）…………………凌晨四點了，薇薇已經睏了……………

◆ 步驟十：

收到回信，不然我不知道你知道了，感恩。

■後記

關上門的時候

即將遷往新的住處，我在舊房子裡整理該打包的東西。蹲坐在房間一隅，看見衣櫃角落暗黑色的大紙箱，那已經多年不曾翻動的回憶。

拂去輕沾的灰塵，滿滿一箱都是你叮囑我焚燬而我執意保留的你的東西。我還是那麼倔強的，原來。

那本冊子，你親手製作的，有剪貼有圖畫，有你笨笨的詩句，拙拙的筆觸，眼花撩亂厚厚一大本，單純未經修飾的熱情，全在裡面。二十歲的生日禮物你還是慣常胡亂寵我，你知道費時耗力充滿心意的手製品才能逗我開心。妳這個女孩，實在太難搞了。你說。

那支手錶，從遙遠的南半球出發，橫渡了汪洋，飛越了雲海，終點在我的掌心。長針與短針訂在出發時你的世界的時間，這樣在目的地的我的世界裡就可以擁有你的時間。

那張卡片，情人節送我的，一攤開，裡面是滿滿的相片小貼紙，每一張都是你，從小到大的每個瞬間：襁褓時的嬰兒照、八歲生日許願、第一次騎腳踏車、外國同學合照、我們的旅遊寫真……你說你的過去以往和此時此刻都屬於我，那未來呢？你試探地詢問。

未來呢？我倔強地還是沒有回答，那是我們度過的最後一個情人節。

滿滿一大箱都是這樣鼻酸的東西，沉甸甸的，比我想像中沉重許多。書冊卡片已經受潮，手錶早已不動，長短針靜止在不是你的也不是我的時間。我即將要搬進新的空間，應該呼吸新鮮的空氣、被清朗的微風吹拂，有大片白花花的陽光擁抱，溫暖得不得了。我希望空曠簡單明亮在我的屋裡，不要再有凝滯的、發霉的點點滴滴。

這麼大的紙箱還是暫時不移至新居好了。

但除了這一箱，還有那麼多東西待打包，青春一路成長來的紀錄太多，奇怪都有你的身影，只怪我們認識得太早：聯考前室友的奶油大戰紀錄照、本來是一對的洋娃娃、會擺頭的音樂熊、復古味的棉襖、你的和我的智齒、鐵達尼電影票根、昂貴的舞台劇入場券、你來看我演戲的公演傳單，還有王靖雯的天空、許美靜的遺憾、陳昇的魔鬼情詩、伍佰的浪人情歌……

看著翻著，你的身影又立體清晰了起來。

那個夜裡，就在這裡，你說我們不要在一起了好不好。你知道除非海枯石爛我絕不輕言別離，但只要你開口我一定做到。這是我莫名的倔強與執拗。

夜深天雨朦朧，你在回家的路上狠狠地翻車了，山徑漆黑清冷，茫茫霧氣一片迷離，你在無邊絕望的黑暗裡，忽然明白我的痛。凌晨接著你的電話，眼淚不爭氣一直流下來，一滴滴溫熱地淌在我手背上仍殷紅的新鮮傷口——你坦承對她心動的那晚，我在你車上失控哭嚎，再也不曾那麼用力，將自己撕裂咬傷。

老天爺懲罰我，要我記得妳的痛。你這麼說。有一天等妳的傷好了，我才能痊癒。你說。

我忍不住笑了，都是多少年前的往事了，你的傷口現在應該痊癒，如同我手背上的咬痕，如今只有淡淡嫩白的一個小圓點，如果不仔細察看，幾乎與其他肌膚無異。

然而傷口痊癒前，不時洶洶襲來的陣痛是免不了的。

你說你不能面對曾經傷害我的愧疚。我沒有怨怪你，真的。我早就原諒你了，只是我沒有告訴你。原來摧毀我們的不是你和她乍現的火花，而是你不願放過自己的歉疚，和我不願鬆口的倔強。

後來的日子我們雙雙失去了魂魄，你開始求診精神科醫師，我開始無止盡地做夢。

夢見你。

兩人攜手逛著嘉年華會般的熱鬧街市，彎過街底，走向碧藍海岸。倏忽已是彩霞滿天，沙灘上浪花一波追著一波，你要我在海邊等你，我點頭，等著，一直等著，天暗了，星星都出來了，聽著潮聲起起落落，雙腳冰凍如霜，我不敢離開……

夢見你。

忽然出現在我公司樓下，你說你早就回來了，以後將不再遠行，臨時的出現只想給我一個驚喜。妳看，背後藏著繽紛亮麗的五彩氣球，都是要送給妳的。你說。我們回家吧！

夢見你。

站在天橋下，穿著橄欖綠、莫內藍交織的大毛衣，頸上圍著長圍巾，雙手縮在口袋裡。天很冷，呵氣成煙，你的面容哀傷憂愁。我看見你，開心地疾步迎向前，另一頭，一個陌生小女孩歡喜奔向你，喊你爹地……

夢見你。

夢見你。

夢見……你。

在這個房間裡，深藏多少夢境的祕密。很年少的時候你就給了我一個許諾，要牽著我走出這個童年時哭泣的房間，走進一個完整的家。因著這樣的一個美夢，讓我在脆弱時得以變得堅強，即使這個承諾後來未完成，我都將終其一生感激著。

整理完最後幾袋物件，我將轉身，離開這個房間。

從小學一路上來的畢業紀念冊、細心留下的各式紙袋、蒐集好久已失去黏性的貼紙、跳蚤市場覓來的二手書、一直沒機會掛上的電影海報、有燈泡會亮的雪屋、包裝紙、彩帶、磁鐵、釘書機……

零零星星的東西，支離破碎的回憶，有些帶走，有些留下，有些扔掉。

關上門的時候就是告別的時刻。

曾經你對我關上門。如今我對往昔關上門。

曾經我們在這個房間告別，如今我又將告別這個房間。

終於我即將擁有一個屬於我的空間，安全可以窩棲，不華麗但一定要溫暖，雖然是那麼陳舊的房子，雖然是一個小小的頂樓加蓋，雖然只有我和我的花喵喵，但那已經是我夢寐以求的家。

如果擁有愛情不等於擁有幸福，如果我自己就可以幸福，如果幸福可以因為一陣風鈴的清唱，如果幸福可以因為一朵窗前的浮雲，那麼我還是擁有幸福的無限可能。

時間不停留，每一秒都在和上一秒告別。哪有時間停下來悲傷呢？

關上門，告別了這個房間；我開了另一扇門，回到我溫暖的，家。

（原文刊登於聯合文學94年二月號）

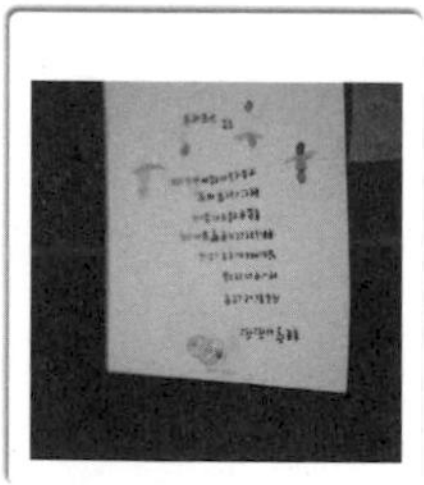

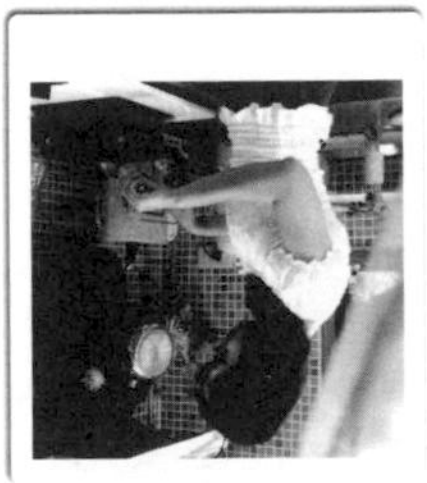

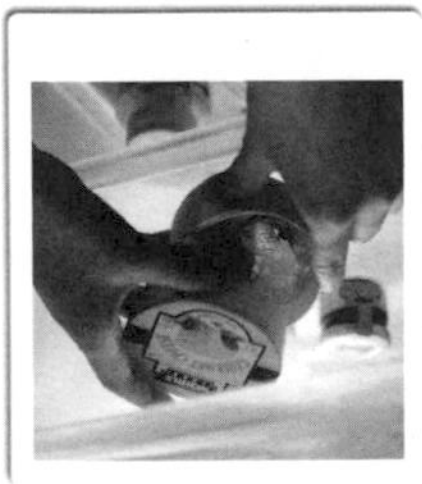

美麗田系列—— 讓心美麗　讓生活美麗

017寫給你的日記　◎鍾文音　定價220元
眞實的日記本，以寂寞爲調味；以相思爲節氣；以自語爲形式，與你終宵共舞，讀出旅者孤獨悲傷的況味。

018品味基因　◎王俠軍　定價220元
一篇篇如詩散文，層層倒回時光隧道裡，懷舊的氣味中嗅聞著一位樂於冒險、勇於嘗試，對空間敏感的小男孩如何在生活軌跡裡，摸索著對美的形成。

021華滋華斯的庭園　◎松山　猛著　邱振瑞譯　定價220元
《華滋華斯的庭園》讓你成爲生活玩家，從享樂中得到自由，如此一來，你無需做任何辯解，當你自然流露出那種氣質，你，肯定是眞正的紳士……

022華滋華斯的冒險　◎寺崎　央著　李俊德譯　定價220元
穿什麼？吃什麼？住哪裡？興趣是什麼？旅行的去處？爲了讓您過更舒適愉快的生活，提供了16則有趣的話題供您做參考。

023有狗不流淚　◎理察・托瑞葛羅夏著　李淑真譯　定價120元
作者理察・托瑞葛羅夏一手絕妙的插畫功不可沒：充分捕捉到狗兒跟人類之間親暱友好的精髓，就像是一頓爲狗兒準備的美味大餐，是愛狗人士必備的一本書！

024有貓不寂寞　◎理察・托瑞葛羅夏著　李淑真譯　定價150元
這是一本使你永遠不會過敏的貓咪書，挑選本書就像挑選你最愛的貓咪一樣，絕對讓你會心微笑，愛不釋手！

025未來11　紅膠囊◎作品　張惠菁◎撰文　定價250元
紅膠囊創作了一系列充滿未來風格的圖像，而張惠菁則用文字架構起屬於《未來11》虛擬世界的僞知識，圖像與文字兩種創作互相指涉，開闢出豐富的概念磁場。

026樂觀者的座右銘　◎吳淡如　定價220元
現代人不知該如何面對未來，也不懂如何讓自己活得聰明，超人氣名作家吳淡如在千禧年將公開自己的座右銘。

027可樂王AD／CD俱樂部　◎可樂王　定價269元
屬於可樂式的口吻、可樂式的懷舊氣味，可樂式的思考邏輯，正在蔓延，《可樂王AD／CD俱樂部》偷偷開張了。

029語言讓人更自信　◎胡婉玲　定價199元
自傳、語言學習法及勵志哲學觀的混合文體，民視主播胡婉玲記錄個人成長經歷，讓你建立自我信心，學習語言。隨書附贈胡婉玲英文學習大補帖。

030快樂自己來——生活點子雜貨舖　◎李性蓁　定價190元
後青春期美少女李性蓁的生活點子雜貨舖創意十足。

031朵朵小語　文◎朵朵　圖◎萬歲少女　定價200元
自由時報花編副刊最受歡迎的專欄集結成書。是心靈的維他命，生活的百憂解。甫上市即榮獲金石堂暢銷書排行榜

032夢酥酥　圖文◎商少真　定價350元　超值價249元
商少眞第一本有關於夢的書，華麗而豐富的圖文，絕對讓你愛不釋手，還會尖叫卡哇依！

034涼風的味道　◎紅膠囊　定價250元
是精神的除濕機，也是心靈的洗衣機，紅膠囊以Chill out概念的圖文代表作。

035我看見聲音——王曉書聽不見的故事　圖文◎王曉書　定價230元
一個聽障生勇敢突破障礙與不便，她讓你看見希望的聲音。王曉書第一次用文字和圖畫表達自己的內心世界，是城市中最美麗的聲音。

036朵朵小語 2　文字◎朵朵　圖畫◎萬歲少女　定價200元
生活裡難免有悲傷、憤怒、沮喪、被人誤解的時候……《朵朵小語2》可以是你生活中一把溫暖的熨斗，燙平你心底的寒冷與崎嶇。

037猛趣味　松山　猛◎著　郭清華◎譯　定價250元
好東西一個人不獨享，日本享樂品味專家，松山　猛的《猛趣味》，告訴你享受人生寶物的最高境界！擁有品味，就從《猛趣味》開始。

國家圖書館出版品預行編目資料

幸福從自己的窩開始／劉中薇著；－－初版.－－
臺北市：大田，民94
面；　公分.－－（美麗田；087）
ISBN 957-455-886-X(平裝)

855　　94012192

美麗田 087

幸福從自己的窩開始

作者：劉中薇
發行人：吳怡芬
出版者：大田出版有限公司
台北市106羅斯福路二段95號4樓之3
E-mail:titan3@ms22.hinet.net
http://www.titan3.com.tw
編輯部專線（02）23696315
傳真（02）23691275
【如果您對本書或本出版公司有任何意見，歡迎來電】
行政院新聞局版台業字第397號
法律顧問：甘龍強律師

總編輯：莊培園
主編：蔡鳳儀
企劃統籌：胡弘一
美術設計：between視覺美術
校對：陳佩伶/劉中薇

印刷：耀隆印刷事業股份有限公司
初版：二○○五年（民94）九月三十日
定價：200元

總經銷：知己圖書股份有限公司
（台北公司）台北市106羅斯福路二段95號4樓之3
TEL:(02)23672044・23672047　FAX:(02)23635741
郵政劃撥：15060393
（台中公司）台中市407工業30路1號
TEL:(04)23595819　FAX:(04)23595493

國際書碼：ISBN 957- 455-886-X/ CIP:855 / 94012192
Printed in Taiwan

廣　告　回　郵
北區郵政管理局登記證北台字1764號
免　貼　郵　票

大田出版有限公司　編輯部收

地址：台北市106羅斯福路二段95號4樓之3
電話：（02）23696315-6　傳真：（02）23691275
E-mail：titan3@ms22.hinet.net

地址：......

姓名：......

※請沿虛線剪下，對摺裝訂寄回，謝謝！

TITAN
大田出版

智　慧　與　美　麗　的　許　諾　之　地

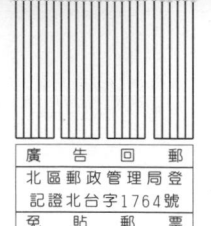

＊請沿虛線剪下，對摺裝訂寄回，謝謝！

閱讀是享樂的原貌，閱讀是隨時隨地可以展開的精神冒險。

因為你發現了這本書，所以你閱讀了。我們相信你，肯定有許多想法、感受！

讀 者 回 函

你可能是各種年齡、各種職業、各種學校、各種收入的代表，
這些社會身分雖然不重要，但是，我們希望在下一本書中也能找到你。

名字／__________ **性別／**□女 □男 **出生／**____年____月____日

教育程度／__________

職業：□ 學生 □ 教師 □ 內勤職員 □ 家庭主婦
□ SOHO族 □ 企業主管 □ 服務業 □ 製造業
□ 醫藥護理 □ 軍警 □ 資訊業 □ 銷售業務
□ 其他 __________

E-mail/__________ 電話/__________

聯絡地址：__________

你如何發現這本書的？ **書名：幸福從自己的窩開始**

□書店閒逛時________書店 □不小心翻到報紙廣告（哪一份報？）________

□朋友的男朋友（女朋友）灑狗血推薦 □聽到DJ在介紹________

□其他各種可能性，是編輯沒想到的________

你或許常常愛上新的咖啡廣告、新的偶像明星、新的衣服、新的香水……
但是，你怎麼愛上一本新書的？

□我覺得還滿便宜的啦！ □我被內容感動 □我對本書作者的作品有蒐集癖
□我最喜歡有贈品的書 □老實講「貴出版社」的整體包裝還滿 High 的 □以上皆非 □可能還有其他說法，請告訴我們你的說法

____

你一定有不同凡響的閱讀嗜好，請告訴我們：

□ 哲學 □ 心理學 □ 宗教 □ 自然生態 □ 流行趨勢 □ 醫療保健
□ 財經企管 □ 史地 □ 傳記 □ 文學 □ 散文 □ 原住民
□ 小說 □ 親子叢書 □ 休閒旅遊□ 其他 __________

一切的對談，都希望能夠彼此了解，否則溝通便無意義。
當然，如果你不把意見寄回來，我們也沒「轍」！
但是，都已經這樣掏心掏肺了，你還在猶豫什麼呢？
請說出對本書的其他意見：

大田出版有限公司編輯部 感謝您！